E. W. Heine

Kuck Kuck

Noch mehr
Kille Kille
Geschichten

W0338721

Diogenes

Die Erstausgabe erschien 1986
im Diogenes Verlag
Umschlagillustration und Vignetten
von E. W. Heine

Veröffentlicht als Diogenes Taschenbuch, 1989
Alle Rechte vorbehalten
Copyright © 1986 by
Diogenes Verlag AG Zürich
150/89/29/1
ISBN 3 257 21692 0

Inhalt

Vorwort 7
Der Osborn-Akt 9
Telefonseelsorge 17
Tabula-manzi 23
Das Himmelstor ist aufgetan 41
Menschenfresser 45
Der Posträuber 63
Das Kronomobil 71
Der Möwenmörder 85
Bettgeschichte 101
Abraham und die Affen 113
Der Mann, der Mozart haßte 129
Das Schwert der Gerechtigkeit 141
Der Schlaf ist ein Dieb 153

Vorwort

Falls Sie die eine oder die andere dieser Geschichten für eine ungeheuerliche Übertreibung halten, so sollten Sie sich an Goethe erinnern, der einmal gesagt hat: »Ich habe niemals von einem Verbrechen gehört, das ich nicht hätte begehen können.«

E.W. Heine

Der Osborn-Akt

Ein Dandy ist ein Mensch männlichen Geschlechts britischer Herkunft, der sich zu nichts anderem berufen fühlt, als seine eigene Person zu kultivieren. Originalität geht ihm über alles. Er genießt es, Erstaunen zu erzeugen, ohne jemals selber erstaunt zu sein. Er wohnt, speist und kleidet sich distinguiert einfach, aber mit Stil.

Vor allem verfügt er in reichem Maße über Geld und Zeit, wobei Geld für den vollkommenen Dandy nichts weiter ist als ein Hilfsmittel der aristokratischen Überlegenheit seines Geistes über die Trivialität des Alltags.

Ernest Osborn war ein Dandy. Er selbst bezeichnete sich bisweilen als Bohemien, was nicht stimmte, denn ein Bohemien ist ein zum Proletariat abgesunkener Künstler; ein Dandy dagegen ist ein nach oben deklassierter bürgerlicher Intellektueller. Und genau das war Ernest Osborn.

An einem nebligen Novembernachmittag lag Osborn auf seinem Bett und betrachtete die junge Frau, mit der er seit acht Tagen und sieben Nächten das Schlafzimmer teilte. Obwohl er sie ständig sah, erfüllte sie ihn immer wieder von neuem mit erstaunter Bewunderung. Sie lehnte nackt an der Wand gegenüber dem Fenster, selbstsicher und ohne falsche Scham. Er bewunderte den Schwung der Hüften, die aufwärts gewölbte Form ihrer Brüste. Er liebte das blasse Rosa ihrer Brustknospen, die grünvioletten Schatten ihrer seidigen Haut und das dunkle Rot ihres viel zu großen Mundes. Oh, diese Augen, Offenbarung und Rätsel zugleich! Osborn betrachtete das kastanienfarbene Haar, das wie Feuer auf ihrer blassen Haut leuchtete.

»Du bist die schönste Frau, die mir je begegnet ist«, seufzte er. »Wie schade, daß du zweihundert Jahre älter bist als ich.« Er erhob sich, ging zu ihr und streichelte die kühle Leinwand. »Du bist ein Meisterwerk. Schon als Kind hast du mir den Kopf verdreht. Wenn ich meine Schulferien in White Bridge Castle bei Tante Modesty verbrachte, stand ich oft vor dir und bestaunte deine Schönheit. Du warst die erste Frau in meinem Leben, die ich nackt sah. Ich konnte mich nie satt sehen an dir.«

›Der Junge wird mal ein richtiger Casanova‹, hat Tante Modesty zu ihrer Schwester gemeint. Und ein anderes Mal, als ich allein mit ihr war, hat sie mich in ihre Arme genommen und gesagt: ›Du bist der einzige Osborn, der die Schönheit dieses Meisterwerks zu würdigen weiß. Für alle anderen ist der Rubens nur eine Kapitalanlage. Du wirst das Bild nach meinem Tod erben.‹ Obwohl ich nicht verstand, wovon sie sprach, habe ich ihre Worte nicht vergessen. Sie hat ihr Versprechen gehalten. Sie ruht unter dem Rasen von White Bridge Castle, und du gehörst mir ganz allein, fast ganz allein.« So sprach er zu dem Bild. »Täglich bekommen wir Post aus aller Welt. Es gibt kein Kunstmuseum, das sich nicht für dich interessiert. Alle sind verrückt nach dir. Wenn ich dich behalte, Geliebte, so müssen wir mein Appartement in eine Festung verwandeln. Die Versicherungsgesellschaften verlangen Gitter vor allen Fenstern und Alarmanlagen wie in Fort Knox. Wollen wir das? Nein. Wenn ich mich von dir trenne, so beansprucht der Staat zwei Drittel von dem Erlös. Stell dir vor, wir finanzieren mit dir Gummiknüppel, Steuerformulare und ganze Alleen von Parkuhren. Wollen wir das? Nein. Wie hat Bernard Shaw gesagt: ›Wenn du keine Probleme hast, so laß ein Weib an dich heran.‹ Am aufdringlichsten sind die Reporter. Ich glaube, es ist an der Zeit, daß wir diesem proletarischen Gesindel eine Lektion erteilen.«

Ein paar Tage später sah Osborns Appartement wie ein Filmstudio aus. Elektrokabel schlängelten sich durch alle Räume. Scheinwerfer wurden in Stellung gebracht. Fernsehkameras warteten auf ihren Einsatz. Züchtig verhüllt lehnte das Gemälde an der Wand. Und dann trat Ernest Osborn vor die Reporter. Die Beleuchtung flammte auf. Die Fernsehkameras begannen zu surren.

»Der Artemis-Tempel in Ephesus gehörte im Altertum zu den Sieben Weltwundern. Kennen Sie den Namen seines Architekten?... Ich kenne ihn auch nicht. Aber noch heute lernen wir in der Schule, daß Herostratos ihn 356 vor Christi Geburt angezündet hat. Weiß jemand von Ihnen, wer Hiroshima erbaut hat? Nein. Aber den Erfinder der Atombombe kennt jeder. Die Zerstörung eines Kunstwerks erfreut sich anscheinend größerer Beliebtheit als seine Erschaffung. Die Helden unserer Nation haben ihren Ruhm ausnahmslos der Vernichtung zu verdanken. Nelson hat die französische Flotte geschlagen und Churchill die deutschen Städte. Wilhelm der Eroberer hat bei Hastings gemetzelt und Lord Kitchener in Transvaal. Ich habe mich entschlossen, dieses vollendete Meisterwerk hier zu zerschneiden, um unsterblich zu werden.«

Er enthüllte den Akt.

»Das dürfen Sie nicht«, unterbrach ihn ein Reporter.

»Doch, ich darf«, verbesserte ihn Osborn. »Ich mache mich strafbar, wenn ich eine Pfundnote zerschneide. Aber es gibt kein Gesetz, das mir verbietet, ein Gemälde zu zerschneiden, das mir gehört, und sei es eine Million Pfund wert. Das ist übrigens weniger als der Anschaffungspreis einer Langstreckenrakete, deren Sprengkraft ausreicht, alle Kunstwerke Londons zu zerstören. Dieses Vernichtungspotential wird mit Ihren Steuermitteln finanziert. Ich gebe heute gewissermaßen einen aus.«

Ernest Osborn eröffnete das Gemetzel, indem er dem Mädchen die Finger der linken Hand abtrennte. Es war totenstill. Nur die Filmkameras surrten. Es folgten die Finger der rechten Hand und die Zehen. Unterarme und Waden wurden angeschnitten wie geräucherte Salamis. Als er das Rasiermesser unterhalb des Nabels ansetzte, stöhnte ein Kameramann, als sei er Zeuge eines Kaiserschnitts. »Möchte jemand von Ihnen die Amputation dieses Beines übernehmen?« wandte sich Osborn an die Reporter. »Die Gelegenheit, einen Rubens zu zerschneiden, bietet sich nicht alle Tage.« Wie eine Haiflosse umkreiste die Klinge die nackten Brüste. Zum Schluß durchschnitt Osborn dem Mädchen die Kehle, trennte ihm mit einem Ruck den Kopf vom Rumpf und warf ihn zu den anderen Leichenteilen. »Operation gelungen, Patient tot!«

Die Presse schrieb: »Der größte Vandalismus seit der Bombardierung Dresdens.« Die Premierministerin schaltete sich persönlich ein und beantragte eine Gesetzesänderung, um ähnliche kulturelle Katastrophen in Zukunft zu verhindern.

Ernest Osborn wurde über Nacht berühmt.

Selbst Menschen, die noch nie etwas von Rubens gehört hatten, kannten seinen Namen. Das zerschnittene Meisterwerk hieß in allen Publikationen nur noch der ›Osborn-Akt‹. Unter dieser Bezeichnung wird er wohl in die Kunstgeschichte eingehen wie die Laokoon-Gruppe oder die Sixtinische Kapelle. Die bürgerliche Presse schimpfte Osborn einen krankhaften Kunstkiller, einen satten Sadisten, der in eine Anstalt gehörte. Ein linksorientiertes Blatt nannte ihn ›ein Fanal für die Friedensbewegung‹. »Wer von uns«, hieß es dort, »wäre bereit, seinen Rubens, der gut und gern eine Million Pfund wert ist, für ein Ideal zu opfern?«

In diesem Punkt irrte der Schreiber.

Nur wenige Stunden nachdem Osborn das Gemälde mit seinem Rasiermesser zerschnitten hatte, meldeten sich die großen Galerien aus aller Welt, um die Einzelteile des berühmten Puzzlespiels unter der Hand zu erwerben. Der rechte Fuß und das linke Knie gingen an die Uffizien in Florenz, Bauch und Rippen an die Alte Pinakothek in München. Schenkel und Schamhaar erwarb der Louvre. Es war wie bei einem westfälischen Schlachtfest. Osborn verkaufte alles, frisch und erbschaftssteuerfrei. Und als er die Einnahmen addierte, bestätigte sich wieder einmal die alte Erkenntnis des Einzelhandels, daß sich der Wert eines Schweines leicht verdreifachen läßt, wenn man es verwurstet.

Für viele Jahre würden die großen Kunstmuseen der Welt damit beschäftigt sein, sich gegenseitig die Einzelteile des Osborn-Akts anzubieten und abzukaufen, bis es einem von ihnen gelingen würde, das ganze Gemälde wieder zusammenzufügen, fast zusammenzufügen, denn den Kopf hatte Osborn für sich behalten.

Er lag auf seinem Bett, die Arme hinter dem Kopf verschränkt und betrachtete sein Mädchen, die spöttisch blitzenden Augen, das kastanienrote Haar und den wundervoll sinnlichen Mund.

»*It was a good game*«, sagte er. »Wir hatten Spaß und Erfolg. Nach dem in England bewährten Motto ›Divide et impera!‹ haben wir das Finanzamt ausgetrickst und obendrein noch den Verkaufspreis verdoppelt. Wir sind berühmt wie Lord Nelson und Lady Hamilton. Und das alles ist geschehen, ohne daß ich dich hergeben mußte, abgesehen von deiner Blöße. Aber schließlich liebt ein Gentleman eine Dame nicht nur wegen ihres Körpers.«

Telefonseelsorge

In jeder größeren Stadt gibt es heutzutage eine Telefonseelsorge. Sicher eine gute Einrichtung, aber wer von uns will schon mit einem Pfarrer sprechen, wenn er Probleme hat, richtige Probleme. Bibelsprüche, wem helfen die?

Aus dieser Erkenntnis heraus haben wir einen privaten Notdienst gegründet. Vielleicht finden

Sie meine Telefonnummer auch in Ihrer Tageszeitung:

S.O.S.-Telefon-Fürsorge
Sie brauchen einen Menschen?
Rufen Sie uns an: 111011
Wir arbeiten ehrenamtlich rund um die Uhr.

Sie werden jetzt vielleicht fragen, warum geht eine junge Frau wie ich, die tagsüber einen anstrengenden Beruf ausübt, freiwillig und ohne Bezahlung zur Telefonfürsorge? Die meisten von uns sind selber durch die Hölle gegangen, so wie meine Freundin Brigitte, die ich gerade abgelöst habe. Ihr Sohn ist an Blutkrebs gestorben. Auch ich habe meine Gründe. Ich habe zwei Selbstmordversuche hinter mir. Ich habe meinen Mann verloren. Boris war der einzige Mensch, den ich je geliebt habe. Ich bin im Waisenhaus groß geworden. Liebe war für mich nur ein Wort, bis ich ihm begegnet bin. Noch heute, nach drei Jahren, meine ich manchmal, daß ich das alles nur geträumt habe. Es war zu schön, um wahr zu sein.

Das Telefon schellt. Eine Männerstimme. Abgehackte Satzfetzen: »Sie hat mich verlassen. Sie hat unser Baby mitgenommen. Ich kann ohne sie nicht leben. Ich habe den Gasherd aufgedreht. Alles ist aus. Ich will nicht mehr leben. Ich habe

Angst vorm Sterben. Bitte bleiben Sie am Apparat, bis alles vorbei ist. Ich brauche einen Menschen, mit dem ich sprechen kann.«

Aus Erfahrung weiß ich, die meisten Anrufer sind einsam und verzweifelt, aber sie befinden sich nicht in Lebensgefahr. Sie suchen einen Strohhalm, an den sie sich klammern können. Sie drohen damit, sich umzubringen, um ihrem Anruf Gewicht zu verleihen, damit man ihnen zuhört.

»Erzählen Sie mir von Ihrer Frau. Haben Sie schon öfter Streit mit ihr gehabt? Übrigens, ich heiße Susanne. Wenn Sie wollen, können Sie mich Susi nennen. Wie heißen Sie?«

»Christian.«

»Warum sind Sie so sicher, Christian, daß Ihre Frau nicht zu Ihnen zurückkehren wird? Hat sie Sie schon früher verlassen? Vielleicht ist sie nur zu ihrer Mutter gefahren. Viele Ehefrauen tun das nach einem Streit.«

»Aber nicht Elli. Sie hat keine Mutter mehr. Sie hat überhaupt keinen Menschen, zu dem sie gehen könnte. Sie hat mir immer gedroht: ›Wenn du mich jemals betrügst, so verlasse ich dich.‹«

»Haben Sie sie betrogen?«

»Ja – ich meine nicht wirklich. Ich habe mit einem Mädchen geschlafen, einer Sekretärin in meiner Firma. Nur so, nichts Ernstes. Ich weiß nicht, warum ich Ihnen das alles erzähle. Sie haben sicher Wichtigeres zu tun. Ich glaube, ich lege besser auf.«

»Nein. Bleiben Sie! Ich habe Zeit. Es ist im Augenblick ziemlich ruhig hier. Erzählen Sie mir von Ihrer Frau oder von Ihrem Baby. Wie alt ist es? Ist es ein Junge oder ein Mädchen?« Selbstmordkandidaten darf man nicht aus dem Griff lassen, wenn man einmal ihre Aufmerksamkeit gewonnen hat. Man muß pausenlos mit ihnen reden, damit sie nicht auf dumme Gedanken kommen.

»Es ist ein Junge. Elf Monate.«

»Sieht er seiner Mutter ähnlich oder Ihnen? Beschreiben Sie ihn mir.«

»Ich kann nicht. Meine Augen tränen. Ich sehe alles ganz verschwommen. Mir ist ganz schwindlig. Ich glaube, es dauert nicht mehr lange. Was haben Sie gesagt, Susi?«

»Erzählen Sie mir von Ihrem Baby.«

»Ich kann nicht.« Er schluchzt.

»Christian, Sie sollten sich das Ganze noch einmal überlegen. Ihr Sohn braucht Sie, und ich bin sicher, Ihre Frau auch. Wenn Sie ein paar Tage abwarten, werden Sie sehen, daß ich recht habe. Sie wird zu Ihnen zurückkehren. Sie sagen selber, sie hat keinen Menschen außer Ihnen. Sie kommt zurück. Wollen wir wetten? Christian, Sie machen einen großen Fehler.«

Schweigen.

»Ich habe Ihnen nicht alles erzählt. Wir hatten Streit. Ich habe sie geschlagen. Ich war so wütend, daß ich nicht mehr wußte, was ich tat. Ich habe sie verprügelt.« Es kracht in der Leitung.

Der Hörer ist ihm aus der Hand gefallen. Ist er ohnmächtig geworden?

»Christian, sind Sie noch da? Können Sie mich hören?«

»Ja, ich höre Sie.«

Er lallt. Seine Worte sind kaum zu verstehen. »Da war jemand an der Tür. Wahrscheinlich meine Nachbarin. Sie wird wohl das Gas gerochen haben. Bestimmt ruft sie jetzt die Polizei, oder sie holt Hilfe aus dem Haus. Ich habe nicht mehr viel Zeit. Ich muß mich beeilen...«

Es klickt in der Leitung

»Hallo. Christian! Hallo!...«

Er hat aufgehängt. Vielleicht ist er tot? Vielleicht haben sie seine Tür aufgebrochen und ihn überwältigt. Vielleicht hat sein Lebenswille gesiegt, und er ist mit letzter Kraft zum Fenster getaumelt. Die meisten Selbstmörder suchen nicht wirklich den Tod, sondern einen Ausweg aus ihrer Not. Selbst die, die ins Wasser gehen, schwimmen bis zuletzt.

Das Telefon schellt: »Susi, ich habe den Haupthahn zugedreht. Mir ist so übel. Alles dreht sich im Kreis. Ich bin wie betrunken. Wo ist das Fenster? Ich brauche Luft. Mir ist so schlecht.«

»Ruhig, Christian, bleiben Sie ruhig! Versuchen Sie einen klaren Kopf zu behalten. Rauchen Sie?«

»Ja.«

»Dann stecken Sie sich erst einmal eine Zigarette an.«

»Gute Idee.«

Ich warte auf die Explosion. Dann lege ich auf. Fast wäre er lebend davon gekommen. Ich denke an Boris. Auch er hat mich mit einer Jüngeren betrogen, geschlagen und verlassen, so wie dieser Christian. Männer. Ich hasse sie alle. Die Telefonfürsorge ist eine gute Bastion, um dieses Ungeziefer auszurotten. Sie müssen mich jetzt entschuldigen. Das Telefon schellt schon wieder.

Tabula-manzi

Es gibt viele arme Länder, aber nur wenige, die so reich sind wie Saudiarabien. Sechs Millionen Menschen – Pardon: zwei Millionen Männer – verfügen über größere Bargeldreserven als die Vereinigten Staaten von Amerika, denn hier sprudeln die ergiebigsten Erdölquellen des Orients. Aber die Arabische Halbinsel hat noch andere Rekorde zu verzeichnen. Nur hier dürfen Frauen nicht einmal Auto fahren, und nur hier werden sie noch öffentlich gesteinigt, wenn es die Moral der Männer so will. Nirgendwo sonst ist die Sklaverei so heimisch wie in Arabien. Offiziell abgeschafft wurde sie erst am 6. November 1962. Wie alle Gesetze gilt das natürlich nur für die Männer. Früher kauften sie ihre Haremsdienerinnen auf dem Sklavenmarkt von Dscheddah. Heute fliegen sie nach Bangkok oder Delhi, auch der Sahel ist recht preiswert. Frischfleisch direkt vom Erzeuger, nämlich von den Eltern, die nicht nur den Brautpreis bitter benötigen, sondern dankbar sind, daß ihre meist noch minderjährigen Töchter einen Ernährer gefunden haben. Wen stört da das Alter des Freiers? Wer fragt nach der Anzahl der Nebenfrauen? Die Petrodollars reichen für alle Bettgefährtinnen, für die aktiven und für die ausrangierten.

Als Ibrahim Alkarawi am 14. Ramadan 1405 – nach Zeitrechnung der Ungläubigen am 2. Juni 1985 – in Maputo einen Vertrag unterzeichnete, Rohöl gegen Rohdiamanten, beschloß er, seinen siebenstelligen Gewinn gebührend zu feiern, das heißt in der Sprache der Beduinen: auf einem Weib.

Am Swimmingpool des Umschlangeni-Hotels, das er als Gast der Regierung bewohnte, sah er das Spielzeug, das es wert war, diesen Tag als Dessert abzuschließen. Ibrahim Alkarawi hatte auf der Terrasse unter einem Sonnenschirm Platz genommen, um sich einen kleinen Martini zu genehmigen – schließlich war Ramadan –, da sah er sie. Sie hatte das unschuldige Gesicht eines Schulmädchens und den lockenden Leib einer libanesischen Bauchtänzerin. Ihre Haut war wie Milchkaffee, Elfenbein auf ebenholzschwarzem Grund. Nur Seidenbucharas in der Abendsonne schimmern so schmeichelnd. Sie stieg aus dem Wasser. Ihre Brustwarzen staken durch den Stoff ihres nassen Badeanzuges wie... o Allah! Ihm fehlten die Worte. Er dachte an Kampfhähne, an das harte Fleisch ihrer vor Erregung geschwollenen Kämme.

Welch ein Weib! Der atmende Bauch spannte den Stoff, zog sich werbend zurück. Wasser perlte über junge Haut. Sie lachte vor Lebensfreude. Ihre Zähne leuchteten wie der Schaum der Brandung im Sonnenlicht.

Ibrahim winkte den schwarzen Getränkekellner herbei, gab ihm eine Hundertdollarnote und zeigte auf das Mädchen. Der verstand sofort.

»Sie ist Inderin«, sagte er.

»Na los, geh schon, hol sie her!« befahl Alkarawi.

Er sah, wie der Schwarze mit der Kleinen sprach. Warum kam sie nicht? Der Kellner kehrte allein zurück.

»Sie will nicht«, sagte er. »Es geht nicht. Sie ist noch ein Mädchen. Sie verstehen?«

Ibrahim Alkarawi verstand.

»Ich möchte die Kleine zum Eis einladen«, log er, »nur zu einem Eis. Hier auf der Terrasse. Hol sie her!« Und um seinem Befehl Nachdruck zu verleihen, zeigte er dem Schwarzen einen weiteren Geldschein.

Es folgte ein langes Palaver. Ob der Kellner sein Ziel durch Drohungen oder Versprechen erreichte oder ob die angeborene Höflichkeit der Inder die Oberhand behielt, wir werden es nie erfahren.

Sie hieß Banda und war fünfzehn. Als sie ihm gegenüber saß und sich das Schokoladeneis von den Lippen leckte, da wußte er: Sie muß mir gehören, nur mir und keinem anderen. Koste es, was es wolle. Und wenn ich sie heiraten muß.

Alkarawi besaß bereits drei Frauen. Aischa, die älteste, würde er wegschicken – so wie er es immer machte, wenn er etwas Besseres fand –, getreu dem Gebot des Propheten, daß die Anzahl der Eheweiber drei nicht überschreiten soll. Denn Allah ist groß, und Banda ist sein Meisterwerk.

Sie lachte, als er ihr einen zweiten Eisbecher bestellte. Sie aß mit der unbefangenen Gier eines jungen Tieres. Ihr Englisch hatte einen negroiden Akzent. Aber es klang aufregend und erotisch wie das schnalzende Schnauben einer heißen Kamelstute.

»Wenn das Mata Kelap sähe«, lachte sie.

»Wer ist das?« fragte Alkarawi.

»Mata Kelap ist Mata Kelap, meine Mutter.«

»Ich möchte deine Eltern kennenlernen«, sagte er, »noch heute.« Denn der Weg zum Brautbett führt durch die Brieftasche des Brautvaters, so sagen die Beduinen, und das ist in Afrika nicht anders als in Arabien.

Und wenn Banda unverkäuflich war?

Alkarawi dachte an die Worte von Selim Pascha, der als osmanischer Botschafter am Hof Maria Theresias verkündete: »Alle Frauen sind käuflich.« Als eine Hofdame der Kaiserin ihn zornig anfuhr, wie er so etwas behaupten könne, sagte er: »Für Sie würde ich zehntausend Theresientaler zahlen.«

»Zehntausend?« fragte die Dame ungläubig. »Wo wollen Sie so viel Geld hernehmen?«

Selim Pascha aber sagte: »Die Dame ist im Prinzip bereit. Jetzt gilt es nur noch, das Geld zu beschaffen.«

Alle Frauen sind käuflich. Moçambique war ein armes Land. Die Revolutionsregierung brauchte sein Öl wie Wasser. Sie würden ihm diese kleine Inderin auf silbernem Tablett servieren, wenn er es so wollte.

Das Taxi brachte ihn an den Rand der Stadt. Obwohl das Haus in einem Eingeborenenslum lag, wirkte es durch seinen gepflegten Rasen wie ein englisches Cottage. Alkarawi nahm das natürlich nur oberflächlich wahr, so wie man den Stall wahrnimmt, wenn man ein Pferd kauft. Die Einrichtung bestand aus billigen Korbmöbeln. Nur die Wanddekorationen waren ungewöhnlich. Präparierte Haischädel, wohin man auch blickte. Über dem Sofa fletschte ein Tigerhai die Zähne. Unter der Decke hing ein Hammerhai mit kalten, gelben Glasaugen.

Alkarawi hatte erwartet, einen Mann zu treffen. Weiberhandel ist Männersache. Um so überraschter war er, als er einer Frau gegenübersaß, von der man im Abendland sagen würde, sie sei in den besten Jahren. Unter Orientalen war sie Schrott.

Sie sprach fließend Englisch und stellte Fragen, die in Riad Männern vorbehalten waren. Kein Araber hätte sich mit dieser indischen Hexe auf einen Teppich gesetzt. Aber Alkarawi war ein Geschäftsmann, und die Ware war den Einsatz wert. Also richtete er sich wie im Teppichbazar auf ein längeres Verkaufsgespräch ein. Trotzdem kam er gleich zur Sache, denn Beduinen werben nicht, sie erwerben: »Deine Tochter gefällt mir. Ich will sie.«

Mata Kelap goß Jasmintee in die Tassen und fragte: »Du glaubst an den Propheten von Mekka?«

»Allah ist groß, und Mohammed ist sein Prophet.«

»Was sagt der Prophet über uns Frauen?«

»Die Frauen sind die Zierde des Lebens.«

»Das klingt schön, aber wir sind doch nicht nur Verzierung, wir sind...«

Alkarawi unterbrach sie: »Die Weiber sind eure Äcker. Sehet zu, wie ihr sie bestellt. So steht es im Koran.«

»Das klingt weniger schön. Man sagt, es gibt Apartheid zwischen euch und euren Schwestern. Ein Mann kann hundert Weiber haben, aber eine Frau, die zwei Männer liebt, ist des Todes. Ist das wahr?«

Alkarawi lächelte überheblich und sagte:

»Höre, das ist die Weisheit des ersten Kalifen: ›Einmal kam ein Weib zu Abu Bekr mit der Frage: Warum haben die Männer mehr Rechte als wir? Sind nicht alle Menschen gleich vor Allah? Da führte der Kalif sie in den Küchenhof. Dort standen vier Wasserkrüge. Nur einer war gefüllt. Er sagte: Der volle Krug hier ist der Mann. Die leeren sind die Weiber. Wenn wir Wasser aus dem vollen in die leeren schöpfen – ganz gleich wie oft und wieviel –, so wissen wir mit Sicherheit, daß alles Wasser aus dem männlichen Gefäß stammt. Dann füllte er die drei Krüge mit Wasser. Einer war leer. Er sagte: Wenn ich den Inhalt der drei männlichen Krüge in den weiblichen gieße – einen Schöpflöffel von diesem, zwei von dem, von dem dritten nichts –, so weiß ich am Ende nicht mehr, woher die Füllung in dem weiblichen Gefäß stammt. Und das ist der Grund, warum ein Mann mehrere Weiber haben kann, aber ein Weib nicht mehrere Männer. Das ist der Grund, warum die Rechte der Geschlechter verschieden sind für immer und ewig.‹«

Nach einer Atempause fragte Alkarawi: »Wo ist dein Mann?«

»Ich habe keinen Mann«, sagte Mata Kelap. Sie füllte die Schalen mit heißem Jasmintee.

»Ist er tot, oder hat er dich fortgeschickt?«

»Weder noch«, lächelte sie. »Ich habe niemals einem Mann gehört.«

»Du meinst, er hat dich nicht geheiratet?«

»Ich habe nie bei einem Mann gelegen.«

Er starrte sie ungläubig an. »Nie bei einem Mann gelegen? Und Banda, ist sie nicht deine Tochter?«

»Sie ist meine Tochter.«

»Das verstehe ich nicht«, sagte Alkarawi. Es klang ärgerlich. Er fühlte sich zum Narren gehalten.

»Es ist schwer zu begreifen, aber da du meine Tochter zum Weib willst, hast du wohl ein Recht darauf, die Geschichte zu erfahren. Ich werde dir das Geheimnis der Haie verraten, das Geheimnis der Pforte zum Paradies. Wenn du jemals nach Durban kommst, so solltest du dort das Haiforschungszentrum besuchen. In Durban sind alle öffentlichen Badestrände durch Hainetze geschützt. Hier verfangen sich täglich so viele von diesen gefürchteten Räubern, daß man sie mit Lastwagen fortschaffen muß, nachts, damit die Touristen sie nicht sehen. Die toten Fische werden in das Haiforschungszentrum gebracht. Jeder Hai kriegt eine Nummer, und es wird eine Akte angelegt mit dem Datum, an dem er gefangen wurde, mit Gewicht, Art und Geschlecht. Und dann schneiden sie ihm den Bauch auf. Wenn du hingehst, kannst du ihnen bei der Arbeit zuschauen.«

»Pfui Teufel«, sagte Alkarawi, »warum sollte ich mir so etwas anschauen?«

»Es gibt nichts Interessanteres als einen aufgeschnittenen Hai. Hast du gewußt, daß der Hai fünf Reihen Zähne im Kiefer hat, scharf wie Rasiermesser? Sie wachsen ständig nach wie unsere Fingernägel. Oder hast du schon gehört, daß der Hai zwei Gebärmütter im Bauch hat, in der zwei Junge gleichzeitig heranreifen? Einen halben Meter lang liegen sie links und rechts im Leib der Mutter. Alle gefangenen Haie sind tragende Weibchen. Warum das so ist, weiß man nicht genau. Ich glaube, der Hunger treibt die Muttertiere ins Netz, denn schließlich müssen sie ja für ihre Ungeborenen mitfressen. Das Aufregendste am Hai ist sein Mageninhalt. Du glaubst ja gar nicht, was dort alles gefunden wird. Sie haben ein ganzes Museum damit eingerichtet. Handknochen und Fingerringe, den Panzer einer Perlmuttschildkröte, das Auge eines Kraken, ein unverdautes schwarzes Kinderbein, sogar einen ganzen Kopf mit Haaren.«

»Das ist ja widerlich«, sagte Alkarawi.

Aber Mata Kelap ließ sich nicht beirren: »In dem Hai-Institut arbeitete ein indischer Arzt. Er hieß Pandit Tutun. Gemeinsam mit zwei Helfern schnitt er den Haien die Bäuche auf. Wenn ihn die Besucher fragten, warum er das tat, so antwortete er: ›Wir studieren ihre Lebensweise.‹ Was er wirklich suchte, erzählte er ihnen nicht.«

»Was suchte er denn?«

»Er suchte nach Krankheiten. Aber so sehr er sich auch anstrengte, er fand niemals einen kranken Hai. Kannst du dir das vorstellen? Es gibt keine Hai-Krankheiten. Flöhe werden krank, Mehlwürmer, Bäume und sogar Bakterien. Alles was lebt wird krank, alles bis auf den Hai. Die meisten Wissenschaftler sind der Meinung, dieses rätselhafte Phänomen sei eine Folge des Fastens, denn der als gefräßig geltende Hai ist in Wahrheit der größte Hungerkünstler der Schöpfung. Alle Haie, die für Meeresaquarien gefangen werden, nehmen in der Gefangenschaft keine Nahrung zu sich. In Port Elizabeth haben zwei gefangene Tigerhaiweibchen achtzehn Monate lang gelebt, ohne auch nur einen einzigen Bissen anzunehmen. Eines Morgens schwammen sie tot im Becken. Die Obduktion ergab nicht den geringsten Hinweis auf irgendeine organische Erkrankung. Die beiden Weibchen waren schlicht und einfach verhungert, freiwillig, weil ihnen die Freiheit mehr bedeutete als Fressen. Ist das nicht ungeheuer?«

Alkarawi fand das nicht ungeheuer. Man sah es ihm an. Die Freiheit der Haifischweibchen interessierte ihn ebensowenig wie die Freiheit der Menschenweiber.

»Wie ist das nun mit diesem indischen Arzt?«

»Dr. Tutun war von Anfang an der Meinung, daß des Rätsels Lösung im Immunsystem läge. Die Haie mußten über perfekte Abwehrkräfte gegenüber allen Krankheitserregern verfügen. Wenn es der Medizin gelänge, so sagte er sich, dieses ungewöhnliche Abwehrsystem gezielt einzusetzen, so besäße die Menschheit eine Wunderdroge, ein Allheilmittel, gegen das sämtliche Antibiotika nur harmlose Hustensäfte wären. Es wäre das Ende aller Krankheiten. Man bräuchte keine Ärzte und keine Krankenhäuser mehr, keine Krankenkassen und keine Apotheken. Die Pforten des verlorenen Paradieses würden sich wieder öffnen. Nach zahllosen Fehlschlägen gelang es ihm, aus dem Blut der Hammerhaie ein Serum herauszufiltern, dem er den Namen Tabula-manzi gab, das heißt: Die Pforte zum Paradies. Wenn Dr. Tutun dieses Serum seinen Mäusen in die Blutbahn spritzte, so entwickelten sie unglaubliche Abwehrkräfte. Innerhalb von vierundzwanzig Stunden waren sie, von der Tuberkulose bis zum Milzbrand, gegen alle Krankheitserreger absolut immun. Selbst aggressive Teerkonzentrate, die bei Hautkontakt normalerweise Krebs verursachen, verfehlten ihre verheerende Wirkung.«

»Wie kommt es, daß ich noch nie etwas von diesem Tabula-manzi gehört habe?« fragte Alkarawi ungläubig. »Und was hast du damit zu schaffen?«

Mata Kelap überhörte seine Frage. Sie sagte: »Seltsam war nur, daß sämtliche Versuchstiere das Futter verweigerten. Versuchte man sie künstlich über die Blutbahn zu ernähren, so reagierten sie mit Fieber und bekämpften die Nahrung wie eine Krankheit. Diese Barriere ließ sich nicht durchbrechen. Und Dr. Tutun erkannte: Jede Nahrungsaufnahme ist eine Vergiftung. Essen ist eine Infektion. Verdauen ist eine Krankheit. So wie die weißen Blutkörperchen jeden Eindringling in Eiter umwandeln und ausscheiden, so zerlegt unsere Verdauung alle über den Mund eingedrungenen Kohlehydrate und Fette in Kot und Urin, um sie schleunigst wieder auszuscheiden. Wird dieser Entgiftungsprozeß gestoppt, zum Beispiel durch Nierenversagen, so stirbt der Mensch an seinem Essen wie an einer schweren Krankheit. Nur wer fastet, lebt gesund. Alle Nahrung ist Gift.

Das Tabula-manzi bekämpfte Kalorien wie Bakterien, wie Krankheitserreger. Je intensiver sich Doktor Tutun mit der Materie befaßte, um so deutlicher erkannte er: Nichts ist so gesund wie der Tod. Das Leben aber ist eine einzige Krankheit. Unser Stoffwechsel ist eine tödliche Seuche. Unsere Körpertemperatur ist nichts anderes als Fieber. Mit einem Mal begriff er die Worte des alten Sokrates, der sterbend seinen Freunden auftrug: Vergeßt nicht, dem Äskulap einen Hahn zu opfern!«

»Wer ist dieser Äskulap?«

»Ein alter Gott. Die Griechen pflegten ihm zu opfern, wenn sie von schwerer Krankheit genasen.« Und bevor Alkarawi weitere Fragen stellen konnte, fuhr Mata Kelap fort: »Doktor Tutun erkannte schon bald, daß die Vitalität der Haie haarscharf auf der Grenze zwischen Leben und Tod lag, zwischen tödlicher Gesundheit und gesundem Tod. Der Erfolg des Tabula-manzi hing allein von der richtigen Dosierung ab. Wenn seine Versuchstiere das Futter verweigerten, dann hatte er die Schwelle überschritten. Ganz allmählich näherte er sich dem richtigen Wert. Und nach vielen Mißerfolgen fand er endlich die richtige Dosierung für Mäuse, wenig später auch die für Kaninchen. Er experimentierte mit Schweinen und Pavianen. Als ihm bei einem dieser Versuche ein altes Pavianweibchen den Zeigefinger der linken Hand abbiß und die Hand brandig wurde, da wagte er den Eigenversuch. Nach der ersten Injektion in die Armvene fühlte er sich zunächst so kräftig, als hätte er starken Kaffee getrunken. Doch dann befiel ihn bleierne Müdigkeit. Er stürzte in einen totenähnlichen Schlaf, aus dem er erst zwei Tage später wieder erwachte. Die eiterige Entzündung seiner Hand war abgeklungen. Zu seiner Freude verspürte er einen Bärenhunger. Das hieß, er hatte die Grenze zur tödlichen Gesundheit nicht überschritten. Die nächsten Tage verbrachte er mehr schlafend als wachend. Ein unbekanntes Glücksgefühl durchströmte seinen Körper, wundervolle wollüstige Träume erregten seine Sinne.«

»Du meinst, er träumte von jungen Weibern?« unterbrach sie Alkarawi. Endlich waren sie wieder beim richtigen Thema.

»Nein«, sagte Mata Kelap, »er träumte von jungen Männern. Er genoß es, von Knaben entkleidet zu werden. Seltsame Dinge ereigneten sich in seinem Unterbewußtsein. Er fühlte sich wie eine Raupe, die sich in einen Schmetterling verwandelt, wie ein Ungeborener, der darauf wartet, das Licht der Welt zu erblicken. Er hatte jedes Zeitgefühl verloren und ließ sich treiben im warmen Strom des Lebens. Er erlebte sich als Knospe und Keim. Er entdeckte seinen Körper neu, stand nackt vor dem Spiegel und betrachtete sich. Seine Haut schimmerte frisch und verführerisch. Die Konturen der Schultern und Schenkel erschienen ihm weicher, jünger, reizvoller. Es fehlte nicht viel, und er hätte sich in sich selbst verliebt. Es war ein wundervoller Traum. Aber dann kam das Erwachen.«

Mata Kelap machte eine Pause.

»Und weiter?« fragte Alkarawi. »Wie ging es weiter?«

»Er erkannte die Wahrheit. Nackt, wie er war, stürzte er in sein Arbeitszimmer, riß Mäuse, Meerschweinchen und Kaninchen aus ihren Käfigen und fand bestätigt, was er gefürchtet hatte. Wie konnte er das nur übersehen haben! Wie konnte er nur?«

»Wieso? Was übersehen?« fragte Alkarawi.

»Er war durch die Pforte gegangen. Vor ihm lag die Offenbarung des Paradieses, das Geheimnis der Haie.«

»Und wie lautet das Geheimnis der Haie?«

»Das Weib ist die wahre Krone der Schöpfung, Urquell und ewiges Heil. Männer aber sind eine Mangelkrankheit, in ihrer Entwicklung stehengebliebene menschliche Larven, Kaulquappen, ewige Raupen, die sich den Faltern überlegen dünken.«

Das Weib ist das Urbild des gesunden Menschen. Wenn Adam Gottes Ebenbild ist, so ist Gott krank. Wenn Gott aber wirklich vollkommen ist, so kann er nur ein Weib sein. Mata Kelap hob ihre Teeschale an die Lippen, und Alkarawi sah, daß ihr an der linken Hand der Zeigefinger fehlte. »Du bist...«, stammelte er.

»Ja, ich bin Bandas Vater. Banda ist mein Sohn. Wir haben die Krankheit Mann überwunden. Es war eine heilsame Kur. Du brauchst keine Angst zu haben, Araber. Es tut nicht weh. Trink deinen Tee aus. Das Tabula-manzi wird einen Menschen aus dir machen. Und vergiß nicht, dem Äskulap einen Hahn zu opfern.«

Übrigens hat mir Alkarawi diese Geschichte selbst erzählt. Er heißt heute Ida und arbeitet in der Bar zum Hammerhai in Maputo, denn so sagte er: »Bardame in Maputo ist immer noch besser als Ölscheichin in Arabien.«

Das Himmelstor ist aufgetan

Sie saßen hinter dem Haus und genossen die späte Herbstsonne. Welke Blätter taumelten zu Boden. Der Rauch aus dem Schornstein stieg senkrecht in den wolkenlosen Himmel.

»Welch ein Tag«, sagte Julia.

Eduard schwieg. Er genoß die Sonne und das süße Nichtstun. Sie beobachteten ihre Kinder, die in einiger Entfernung miteinander Fangen spielten.

Wir sind eine glückliche Familie, dachte Julia. Sie sagte: »Schade, daß Vater und Mutter nicht mehr bei uns sind und Onkel Otto und Tante Trude.«

»Wo sind Oma und Opa und der Onkel und die Tante?« fragte ihr jüngstes Töchterchen.

»Im Himmel.«

»Was machen sie da?«

»Sie sind glücklich.«

»Wann kommen sie wieder?«

»Niemand kommt von dort wieder zurück.«

Die Kleine dachte angestrengt nach. Dann fragte sie: »Mama, ist es schön im Himmel?«

»Ja, sehr schön. Es ist das Paradies.«

»Warst du schon mal im Himmel?«

»Nein.«

»Woher weißt du dann, daß es dort schön ist?«

»Meine Mutter hat es mir erzählt.«

»Und woher weiß die es?«

»Von ihrer Mutter.«

»Frag nicht so viel. Geh, spiel mit den anderen«, sagte Eduard. Wie die meisten Väter mochte er diese Fragerei der Kinder nicht. Wenn sie einmal anfingen, fanden sie kein Ende mehr.

»Kommst du auch in den Himmel, Mami?«

»Ja, natürlich.«

»Ich auch?«

»Du auch.«

»Ich will aber nicht in den Himmel. Ich möchte hier bleiben bei euch.«

»Stell dich nicht so an«, sagte Eduard mit väterlicher Strenge.

»Kommen auch die Hühner in den Himmel und die Hunde?«

»Nein, die werden tot gemacht. Die Hühner werden geschlachtet oder wie die Hunde von den Autos überfahren, wenn sie über die Straße laufen. Nur wer eine unsterbliche Seele hat, kommt ins Paradies.«

»Wann komme ich in den Himmel?«

»Wenn du groß bist.«

»Wenn ich so dick und so alt bin wie Papi?«

»Also jetzt reicht es, ja. Los ab, verschwinde! Spiel mit deinen Brüdern!«

»Eduard, du bist zu grob mit den Kindern«, sagte Julia.

In der Nacht regnete es. Im ersten Morgenlicht fuhr ein schwarzes Auto in den Hof. Die Hunde bellten. Türen wurden zugeschlagen. Ängstlich lauschten die Kinder den fremden Geräuschen. Wo waren die Eltern?

Schritte und Stimmen. Der Motor wurde gestartet. Polternd fuhr der Wagen mit Julia und Eduard davon.

»Das ist das Ende«, sagte Eduard.

»Aber nein«, belehrte ihn Julia. »Das ist der Anfang. Vater und Mutter erwarten uns, Otto und Trude. Wir werden sie alle wiedersehen. Freust du dich nicht? Der Himmel ist geöffnet. Hab doch ein wenig Gottvertrauen, du ungläubiger Thomas. Vor uns liegt das Paradies, die große göttliche Verheißung.«

Sie berührte ihn zärtlich mit dem Rüssel. Die Sonne ging auf. Und so fuhren die beiden armen Schweine dem Schlachthof entgegen.

Menschenfresser

Der Hausherr – ehemals Großwildjäger und Tierfänger, jetzt Mitherausgeber einer angesehenen zoologischen Zeitschrift – lehnte sich in seinem bequemen Ledersessel zurück und zündete sich seine Tabakspfeife an.

»Weißt du, mein lieber Albers«, sagte er, »jedesmal wenn ich an einem Kamin sitze, laufen mir die Gedanken davon, zurück nach Kenia, Njassaland und Moçambique, und ich sitze wieder an einem Lagerfeuer unter einem Affenbrotbaum am Rande der Savanne oder in einem Eingeborenen-Kraal zwischen den Grashütten, wie ich es oft getan habe. Je älter ich werde, desto stärker und leuchtender werden die Bilder der Erinnerung aus diesen längst vergangenen Tagen, besonders aber um diese Jahreszeit, wenn die Kamine brennen und die Abende so lang sind.«

»Du solltest deine Memoiren schreiben«, sagte der Freund, der sich die Hände an einem Glas Glühwein wärmte. »Du solltest deine afrikanischen Erinnerungen zu Papier bringen. Du bist ein glänzender Erzähler...«

»Mag sein«, unterbrach ihn der Hausherr, »aber ich bin kein Schriftsteller. Du kannst den heiseren Schrei des jagenden Leoparden unter dem sternklaren Tropenhimmel nicht niederschreiben. Ich habe ein wissenschaftliches Werk über die Raubkatzen verfaßt. Ihnen hat meine Liebe immer ganz besonders gegolten. Ich habe dieses Buch mit dem Verstand geschrieben. Es ist die Summe meiner Beobachtungen und Erfahrungen, eine zoologische Verhaltensstudie, nicht mehr und nicht weniger.«

Sie rauchten beide eine Weile schweigend ihre

Pfeifen. Der Gast streichelte die Katze, die ihm auf den Schoß gesprungen war. »Erzähl mir doch eine von deinen Raubkatzengeschichten«, sagte er.

Der andere lächelte nachdenklich: »Ja, Katzen. Ich habe viele aufregende Abenteuer mit ihnen in aller Welt erlebt, aber die eigenartigste Raubkatzengeschichte hat sich vor ein paar Jahren in Berlin zugetragen. Sie ist so makaber, daß ich sie dir unbedingt erzählen muß, wenn du sie noch nicht kennst.«

Der Gefragte schüttelte verneinend den Kopf. Der Gastgeber füllte die Gläser mit dampfendem Glühwein, er stocherte in seiner Pfeife und begann: »Die fast abartige Tierliebe vieler Großstädter ist ja bekannt. Aber sie scheint mir nirgendwo so ausgeprägt zu sein wie in Berlin. Wenn im Berliner Zoo der Elefant Siam oder das Nilpferd Knautschke eine Magenverstimmung haben, so berichten die Tageszeitungen davon. Es gab dort sogar einmal einen Prozeß der Katzenfreunde gegen die Freunde der Singvögel, wobei natürlich nach guter deutscher Art beide Parteien eingetragene Vereine waren. Ein Katzenliebhaber hatte in einer öffentlichen Parkanlage regelmäßig die umherstreunenden Katzen gefüttert, was sich bei den Katzen jenes Stadtteils sehr schnell herumsprach. Sie erschienen in Scharen. Die Vogelfreunde erblickten in dem Katzenauflauf natürlich eine Gefährdung ihrer gefiederten Schützlinge und verklagten den Mann, der sich hartnäckig weigerte, seine Katzenspeisung einzustellen. Es kam zu einem Prozeß, und da ich mich damals gerade in Berlin befand, wurde ich als Experte hinzugezogen und bekam somit die Gelegenheit, das skurrile Geschehen aus nächster Nähe zu verfolgen.

Zu dieser Zeit ereignete sich auch die folgende Geschichte. Du erinnerst dich vielleicht an den mysteriösen Mordfall Alexander Adams. Ich weiß nicht, ob du Adams gekannt hast. Er war ein wirklich hervorragender Schauspieler. Der weißhaarige Mime befand sich auf dem Gipfel seines Erfolges; er gab Gastspiele in aller Welt; als er von einer dieser Tourneen zurückkam, geschah es. Er wurde ermordet. Ich erfuhr aus der Tagespresse davon. Der Taxifahrer, der ihn vom Flughafen zum Stölpchen-See gefahren hatte, wo Adams ein Landhaus besaß, sagte später aus, er habe seinen Fahrgast in der Ankunftshalle des Flughafens aufgenommen. Er sei mit der Maschine aus Belgrad kurz nach acht gekommen. Er habe Herrn Adams sofort erkannt – wer kannte ihn nicht? – und ihn zu seinem Haus am Stölpchen-See gefahren, wo er ihn vor dem unbeleuchteten Haus abgesetzt habe. Das sei etwa eine Stunde nach der Landung des Flugzeuges gewesen.

Eine Nachbarin sah am darauffolgenden Morgen, daß die Haustür weit offen stand. Sie sei zu dem Haus gegangen und habe ein heilloses Durcheinander in der Eingangshalle vorgefunden. Überall lag zerrissenes Packpapier herum. Vor der Garderobe fand sie einen zerfetzten Herrenanzug und die blutigen Überreste eines Menschen.

Die Berliner Mordkommission identifizierte die Leichenteile als die sterblichen Überreste von Alexander Adams. Sie fand heraus, daß der alte Herr buchstäblich zerrissen worden war, so als habe ihn ein Raubtier aufgefressen. Die Obduktion ergab, daß sein gewaltsamer Tod sich schon am Abend seiner Ankunft ereignet hatte. Die Polizei recherchierte, daß das Packpapier, das in Fetzen in der Halle umherlag, von Paketen stammte, die täglich angekommen waren. Die Poststempel ließen sich lückenlos fünf Monate zurückverfolgen. Sie stammten von einem berliner Postamt und endeten sechs Wochen vor der Ermordung des unglücklichen Adams. Höchst seltsam war, daß der Tote sich das letzte halbe Jahr seines Lebens in Jugoslawien aufgehalten hatte und somit gar nichts mit den Päckchen anfangen konnte. Die Nachbarn versicherten übereinstimmend, daß Adams das Haus allein bewohnt hatte. Trotzdem waren alle Pakete angenommen und an ihrem jeweiligen Ankunftstag geöffnet worden.

Die polizeilichen Ermittlungen waren bis zu diesem Punkt gelangt, als mich an einem Herbstabend der Leiter der Kriminalpolizei, der damals in ganz Berlin bekannte Noske, in meinem Hotel aufsuchte. Er war ein jovialer, dicker Mann mit rundem steifem Hut, der ihm den Spitznamen ›Die Bombe vom Alexanderplatz‹ eingebracht hatte. Er trug einen karierten Anzug und eine viel zu enge Weste, die sich bedrohlich über seinen Eisbeinbauch spannte und aus der die goldene Kette einer Taschenuhr herausbaumelte, die er alle fünf Minuten hervorzog, als stünde er unter Zeitdruck. Noch außer Atem, weil der Hotelfahrstuhl mal wieder nicht funktionierte, schwenkte er ein Buch in der Hand und fragte noch in der Tür meines Zimmers: »Haben Sie das geschrieben?« Ich sah, daß es mein Buch über das Leben der Raubkatzen war. Er kam gleich zum Wesentlichen: »Sie haben gewiß von dem Mord am Schauspieler Alexander Adams gehört. Wir befinden uns in einem ziemlichen Engpaß. Es sieht so aus, als wäre das Opfer von einem Raubtier gefressen worden, von einem Löwen oder einem Tiger mitten in Berlin. Ich habe schon viele Ganoven gejagt und hinter schwedische Gardinen gebracht, aber suchen Sie mal einen Löwen in Berlin. Dabei sagen die Experten von der medizinischen Abteilung, es könnten auch Ratten, Ameisen oder Piranhas gewesen sein. Dem Opfer ist das Fleisch vom Skelett gerissen worden, ohne daß ihm der kleinste Knochen gebrochen worden ist. Irgend etwas hat ihn fein säuberlich aufgeknabbert.« (»Uffjeknabbert«, sagte er.) »Da Sie ein Experte auf dem Gebiet der Raubtiere sind – er hielt mir mein Buch demonstrativ entgegen –, möchte ich Sie bitten, uns zu helfen.«

Natürlich erklärte ich mich dazu bereit, denn die Arbeit der Kriminalpolizei hat mich von jeher fasziniert. Sie hat vieles gemeinsam mit der Großwildjagd. Es gilt hier wie dort, die richtige Spur aufzunehmen und das Wild mit viel List und Erfahrung zur Strecke zu bringen. Ich fuhr am darauffolgenden Tag mit zwei Kriminalbeamten hinaus zum Stölpchen-See. Ich sollte mir das Haus des Ermordeten ansehen, um ein Urteil darüber abgeben zu können, ob und welches Raubtier da gehaust haben könnte.

Es war ein warmer Frühlingstag. Die Obstbäume in den Gärten blühten, und die Straßen der Vorstädte waren voller Spaziergänger. Ich versuchte mir einen Löwen dazwischen vorzustellen.

Das Haus lag nur wenige Schritte vom See entfernt. Es war mit Efeu zugewuchert und machte einen verwahrlosten Eindruck. Man sah dem Garten an, daß sein Besitzer häufig auf Reisen gewesen war.

Die Eingangshalle war mit weißen Marmorplatten ausgelegt und nur spärlich möbliert. Wände und Decke waren mit Nußholz getäfelt. Man versicherte mir, daß hier seit Auffindung der Leiche nichts verändert worden sei. Türen und Fenster waren verschlossen und polizeilich versiegelt. Das mysteriöse Packpapier hatte der Spurensicherungsdienst des Morddezernats an sich genommen. An der Stelle, wo man die Leichenreste gefunden hatte, waren mit dunkler Ölkreide Kreuze und Pfeile auf den Steinplatten angerissen worden. Mitten in der Halle plätscherte ein kleiner Springbrunnen. Im Halbdunkel wucherten tropische Pflanzen. Von der Halle führten verschiedene Türen in anliegende Räume.

Wie ich aus den Polizeiakten ersehen hatte, waren sie für die Aufklärung des Falles ohne Bedeutung, denn sie waren bei der Ankunft des unglücklichen Adams nicht geöffnet worden. Der alte Schauspieler war unmittelbar nach Betreten der Halle getötet worden. Er hatte keine Zeit mehr gehabt, eine der Innentüren seines Hauses zu öffnen. Die Fenster der Halle waren vergittert. Eine sorgfältige Untersuchung der Eingangstür hatte ergeben, daß das Schloß seit der Abreise von Adams nicht mehr geöffnet worden war. Der Ermordete war der erste und einzige gewesen, der nach fünf Monaten seinen Schlüssel in das Türschloß gesteckt hatte. Das Raubtier mußte sich also bereits in der Halle befunden haben, als sein Opfer abreiste. Ich sah mir die Polstermöbel etwas näher an und fand sie voller Katzenhaare.

Auf der Rückfahrt versicherte man mir noch einmal, daß die Halle nicht gereinigt worden war. Ich stand vor einem Rätsel, denn ich hatte keinen Kot gefunden. Fünf Monate hatte dort ein kurzfelliges Tier gelebt, ohne Verdauung. Das Ungeheuer vom Stölpchen-See wurde mir immer unheimlicher. Es waren jetzt vier Wochen seit dem Mord vergangen, und es gab weder einen Täter noch ein Motiv. Das Beweismaterial ergab keinen Sinn. Niemand hatte sich im Haus aufgehalten, und doch war Adams beim Betreten der Halle in Stücke gerissen worden.

Aufgrund einer Untersuchung der gefundenen Haare kam man zu dem Ergebnis, daß es sich um ganz gewöhnliche Hauskatzenhaare handelte. Die Nachbarn bestätigten, daß Adams ein Katzenfreund gewesen sei. Wir waren also wieder in einer Sackgasse. Es gab keine Spur des Mörders. Natürlich gab es die sensationellsten Theorien.

Ein Reporter des ›Abendblattes‹ hatte eine wilde Geschichte verfaßt, wonach jemand unmittelbar vor der Ankunft des Schauspielers einen hungrigen Leoparden in die Halle gesperrt hätte, der dann den heimkehrenden Hausherren zerrissen hätte. Das Opfer habe nicht einmal mehr Zeit gehabt, die Tür hinter sich zu schließen, und so sei die Bestie nach begangener Untat in der Nacht verschwunden. Die Zeitung hatte sogar eine Belohnung für die Ergreifung des blutrünstigen Raubtieres ausgesetzt. Natürlich fand man es nicht.

Ein anderes Sensationsblatt behauptete, das Ungeheuer vom Stölpchen-See sei ein Mensch, der sein Opfer so zugerichtet hätte, um den Verdacht von sich auf eine Raubkatze zu lenken. Es wurden Vergleiche mit jener geheimnisvollen Sekte der Leopardenmenschen aufgestellt, die sich in Ostafrika in Leopardenfelle zu hüllen pflegten, ihren Opfern die Gurgel durchbissen und sie mit den Krallen des Raubtieres so bearbeiteten, daß die sterblichen Überreste der Angefallenen wie die Beute eines Leoparden aussahen. Ich glaubte von Anfang an, daß es ein Tier gewesen sei, ein Raubtier.«

Das Feuer prasselte im Kamin. Der Hausherr füllte die Gläser und stopfte sich behaglich eine neue Pfeife.

»War es ein Tier?« fragte sein Zuhörer neugierig, als könnte er das Ende nicht erwarten.

»Nein, ein Tier ist es nicht gewesen.«

»Haben sie ihn gefaßt?«

»Wen?«

»Den Mörder.«

»Ach so, ja. Ja, natürlich. Wir haben sie gefaßt.«

»Sie? War es eine Frau?«

»Das habe ich nicht gesagt.«

»Du sagtest aber: sie.«

»Das könnte auch die Mehrzahl sein«, lächelte der Hausherr, der sich über die ungezügelte Neugier seines Besuchers lustig zu machen schien.

»Du mußt dir die Geschichte schon bis zum Ende anhören. Ich habe vier Monate über die Lösung des Rätsels nachgegrübelt. Du wirst alles erfahren, und ich werde dir den Mörder sogar zeigen.«

»Hast du eine Fotografie von ihm?«

»Nein, er ist hier in diesem Zimmer.«

»Hier?« Der andere sah erstaunt von seinem Glas auf. Sein Blick fiel auf die präparierten Köpfe an der Wand und glitt über das Leopardenfell vor dem Kamin. Der Hausherr lächelte verschmitzt.

»Ich saß in dem Sessel, in dem du jetzt sitzt, mein lieber Albers, und grübelte über den verfahrenen Fall nach, da sah ich, wie meine Siamesenkatze in ihre mit Sand gefüllte Holzkiste kletterte, um dort ihre Notdurft zu verrichten. Und da hatte ich plötzlich eine Erleuchtung. Ich rief gleich am anderen Morgen Noske in seinem Büro an und verabredete mich mit ihm am Stölpchen-See. Als ich mit dem Taxi ankam, wartete er schon ungeduldig. Er sah übernächtigt aus. Ein Polizeibeamter öffnete die versiegelte Haustür. Ich eilte zu den riesigen Pflanzenbecken und sah, daß die tropischen Gewächse aus Kunststoff waren. Niemand hatte dem bisher Bedeutung zugemessen. Die Kästen waren mit trockenem

Sand gefüllt. Wie vermutet, fand ich jede Menge Kot in ihnen.

›Würden Sie das untersuchen lassen‹, bat ich Noske. ›Ich wüßte gern, wie alt der Katzendreck ist.‹

Ich werde niemals Noskes verdattertes Gesicht vergessen. Aber ich will dich jetzt nicht weiter auf die Folter spannen und dir den ganzen Hergang schildern. Wie du weißt, war Alexander Adams ein sehr erfolgreicher Schauspieler, der von einem Bühnenerfolg zum nächsten reiste. Nun ist an diesem Herumvagabundieren eines Schauspielers gewiß nichts Ungewöhnliches, aber es stand in schroffem Gegensatz zu seiner Katzenliebe. Da er unverheiratet war und das Dienstpersonal ihm meist schnell wieder davonlief, weil sie mit seinen Katzen nicht klarkamen oder die Katzen nicht mit ihnen, stand sein Haus während seiner häufigen Abwesenheit leer, und die Katzen waren sich selbst überlassen. Nach den Mengen an Katzenkot, den wir gefunden haben, müssen es sehr viele gewesen sein. Adams schloß sie in seinem Haus ein, damit ihnen während seiner Abwesenheit kein Leid geschähe. Sie lebten dann in der großen Halle. Er hatte riesige Kübel mit Sand aufgestellt, in denen die von Natur aus sauberen Katzen ihre Notdurft verrichteten. Der kunstsinnige alte Mime verschönte diese häßlichen Sandwannen, indem er künstliche Pflanzen hineingab, denn echte wären in diesem Gemisch aus Sand und scharfem Katzenkot gewiß nicht gediehen. Die eingesperrten Tiere stillten ihren Durst an dem ständig fließenden Springbrunnen. Verpflegt wurden sie mit Hilfe der Post.«

»Mit der Post?« fragte Albers erstaunt.

»Ja, mit Hilfe der Post. Er schickte seinen Lieblingen täglich ein Päckchen. Als er für die Außenaufnahmen seines letzten Filmes für längere Zeit nach Jugoslawien reisen mußte, überließ er den Versand dieser Pakete einer berliner Schlachterei, der er sehr genaue Vorschriften hinsichtlich der Größe der Päckchen machte. Sie durften die Abmessungen von vierundzwanzig Zentimetern in der Breite und vier Zentimetern in der Höhe nicht überschreiten.«

»Wieso das denn?«

»Das war die Größe seines Briefschlitzes in der Haustür. Der Postbote steckte sie dort hinein. Sie fielen auf die Steinfliesen der Halle, wo die Katzen die Verpackung aufrissen und das Fleisch dann auffraßen. Der Alte brauchte bei seiner Rückkehr nur das zerfetzte Packpapier zusammenzufegen, und alles war in Ordnung.

Wie den armen Tieren, die oft über große Zeiträume eingesperrt waren, wirklich zumute war, entzieht sich unserer Kenntnis. Aber wie schon gesagt, geht die Tierliebe der Großstädter oft die abartigsten Wege, und Alexander Adams meinte es gewiß gut mit seinen Lieblingen. Bei den Außenaufnahmen zu dem schon erwähnten Film in den Bergen Jugoslawiens bekam der alte Herr einen Herzanfall, der ihn für längere Zeit in einem jugoslawischen Hospital festhielt. Er war transportunfähig und überlebte nur durch ein Wunder. Irgend jemand, so vermutete Noske, habe dem Ermordeten vor seiner Abreise einen jungen Puma geschenkt, den dieser vermutlich für eine Katze hielt. Die Bestie wuchs während der Abwesenheit ihres Herren gewaltig. Die Postwurfportionen reichten nicht mehr aus, so daß der Puma sich an seinen kleineren Verwandten gütlich tat. In der Tat hatten wir in der Halle Katzenknochen und Fellreste gefunden. Noske mutmaßte, daß der Puma den Heimkehrenden gefressen habe und in der Nacht verschwunden sei. Vermutlich sei er in irgendeinem Versteck, in dem er sich vor dem Großstadtlärm verkrochen hätte, verendet.«

»Aber du sagtest doch, es sei kein Tier gewesen.«

»Ich habe gesagt, es sei nicht ein Tier gewesen.«

»Jetzt verstehe ich gar nichts mehr. Ich denke, der Puma...«

»Es war kein Puma. Noskes Theorie zerplatzte wie eine Seifenblase, als seine Leute den Kot in den Kübeln untersuchten. Sie fanden nur Katzendreck, ganz gewöhnlichen Hauskatzenkot.

Als Alexander Adams in der Mordnacht nach Hause kam, öffnete er die Tür des Hauses und tappte in die dunkle Halle. Er vernahm das vertraute Plätschern des Springbrunnens und das Rascheln des Packpapiers unter seinen Füßen. Von allen Seiten funkelten ihm die grünen Augen seiner Lieblinge entgegen. Ich glaube, es ist nicht schwer, sich vorzustellen, wie freudig dem alten Herrn zumute war, als er nach der langen Reise, von der er fast nicht wieder zurückgekehrt wäre, endlich wieder zu Hause war bei seinen Freunden. Er rief sie mit zärtlicher Stimme bei Namen. Noch ehe er den Lichtschalter erreicht hatte, sprangen sie ihn an. Er taumelte erschreckt zurück und stürzte schreiend zu Boden. Bei lebendigem Leibe rissen sie ihm die Augen aus dem Kopf, verbissen sich in seinen Händen und zerfleischten sein Gesicht, schleckten sein Blut wie warme Milch. Sie waren wahnsinnig vor Hunger, denn der Paketauftrag war seit Wochen abgelaufen, und sie hatten bereits begonnen, sich gegenseitig aufzufressen.«

Er streichelte die Katze auf seinem Schoß.

»Als ich mit Noske das letztemal am Stölpchen-See war, kam sie aus dem Garten in die Halle. An der selbstsicheren Art, mit der sie am Springbrunnen ihren Durst stillte, erkannten wir, daß sie hier zu Hause war. Ich habe sie mitgenommen.«

Er kraulte ihr den Kopf.

»Ist sie nicht ein niedlicher kleiner Menschenfresser?«

Der Posträuber

Ich saß im Bummelzug Rom-Florenz, allein in einem Zugabteil, und betrachtete die vorüberziehende Landschaft. Ich erkannte Maulbeerbäume und Korkeichen, blühenden Oleander, Glyzinien und Azaleen, Kaktusfeigen, Aloe und Lorbeer. Bisweilen leuchtete ein Gewässer auf. In der Ferne lagen Wälder wie Wolkenschatten auf dem Land. Zypressen eilten die Straßen entlang, verfolgten den Zug wie Staffettenläufer. Bauern bei der Feldarbeit winkten. Ich wollte zurückwinken, aber da war das Bild im Fensterrahmen schon fortgewischt.

Häuser tauchten auf, eine Bahnschranke. Schwerfällig hielt der Zug auf einer kleinen Bahnstation.

Ein alter Herr stieg zu mir ins Abteil: »*Buon giorno.*« Er setzte sich mir gegenüber ans Fenster. Seine Augen musterten mich eingehend.

»Hat Ihnen Rom gefallen?« fragte er.

»Ja, sehr«, sagte ich.

»Sie interessieren sich für unsere große Vergangenheit?« Und ohne meine Antwort abzuwarten, fuhr er fort: »Ich interessiere mich mehr für die Zukunft.«

»Wo begegnet man im alten Rom der Zukunft?« fragte ich.

Er antwortete: »Auf dem Friedhof. Unser aller Zukunft liegt auf dem Friedhof.«

Wir betrachteten einander. Er trug einen Verdibart, der stellenweise bereits ergraut war. Seine Augen blitzten spöttisch. In ihnen glimmte jener schlagfertige schwarze Humor, der schon den Römern der Antike eigen war. Sein alter Anzug war an den Ellbogen und Knien blank gewetzt.

Scharf gebügelte Hosenfalten fielen auf blankgeputzte altmodische Schnürschuhe.

»Sie sind Deutscher?«

Ich nickte.

»Werden Sie wiederkommen?«

»Ja, im Winter«, sagte ich.

»Im Winter?« fragte er ungläubig. »Das sollten Sie nicht tun. Der römische Winter ist zwar nur kurz, aber er ist kälter als irgendwo sonst auf der Erde, denn die Häuser haben keine Schornsteine. Nero war der einzige, der wußte, wie man in dieser verdammten Stadt ein Feuer machte.«

Er klopfte auf seine Tageszeitung: »Haben Sie von der wilden Feuerei in der Via Veneto gehört?« Er blickte mich fragend an: »Gestern Nachmittag, am hellichten Tag, ein Raubüberfall auf das Postamt. Ein Gangster hat zwei Postbeamte erschossen. Er entkam mit drei Millionen Lire. Drei Millionen Lire! Dafür kann er sich nicht einmal ein Auto kaufen. Und dafür erschießt dieser Idiot zwei Menschen. Was sind das nur für Zeiten! Oh diese Mafia!«

»Sie meinen, es war die Mafia?«

»Natürlich, wer denn sonst.«

»Erzählen Sie mir von der italienischen Mafia.«

»Die Mafia ist nicht italienisch. Sie ist sizilianisch, amerikanisch, unmenschlich. Wir Italiener sind ein gewaltloses Volk. Selbst unsere wildesten Räuber waren Ehrenmänner, die nur zur Waffe griffen, wenn man ihnen keine andere Wahl ließ. Wir haben nicht nur die schönen Künste, die Oper, die Architektur zur höchsten Sublimation gesteigert, sondern auch das Verbrechen. Welch anderes Land hat so erlauchte Schurken aufzuweisen wie wir? Casanova, Cagliostro, Cesare Borgia. Nirgendwo auf der Welt finden Sie so geschickte Falschmünzer, Autoknacker und Taschendiebe wie hier, schöpferisch und geschickt. Ein Italiener tötet nur aus Leidenschaft, Eifersucht und Ehre, *vendetta* und *amore*. Raubmord ist eine Erfindung der amerikanischen Mafia. Ein Mensch, der aus Habgier mordet, handelt genauso hirnlos wie jemand, der eine Konzertgeige verheizt, um sich ein Gemüsesüppchen zu kochen. Der Gewinn steht in keinem Verhältnis zum angerichteten Schaden. Es ist nicht so wichtig, was einer verbrochen hat, als vielmehr, wie er es angestellt hat. Einer, der einbricht, ist ein übler Krimineller. Einer, der Herzen bricht, um sich zu bereichern, ist ein Heiratsschwindler, und wer von uns hätte nicht schon einmal ein bißchen geschwindelt? ›Geschwindelt ist noch nicht gelogen‹, sagt der Volksmund. Und er hat recht. Aber zwei Tote für drei Millionen Lire! *Mamma mia, che brutto!* Das ist stark. Das haben wir zu meiner Zeit ganz anders gemacht. Ich habe auch einmal ein Postamt um eine Million erleichtert. Damals war diese Million dreimal so viel wert wie heute. Und die Post hat es nicht einmal gemerkt, daß ich sie beraubt habe. Sie haben mir mein Geld rechtmäßig ausgezahlt.«

Ich bot ihm eine Zigarre an, und er erzählte mir die folgende Gaunergeschichte:

»Schon als Schüler verfügte ich über außergewöhnliche Kombinationsfähigkeiten, für die es aber leider keine Zeugnisnoten gab, was eigentlich schade ist, weil ich sonst sehr wahrscheinlich Jurisprudenz studiert hätte. Die Mathematik interessierte mich nicht. Aber ich konnte schon bald besser rechnen als mein Lehrer. Während er in den Sommerferien Nachhilfestunden gab, um sich eine Radtour leisten zu können, ließ ich mir meine kleinen Weltreisen von verschiedenen Versicherungsgesellschaften finanzieren.«

»Von Versicherungsgesellschaften?« fragte ich ungläubig.

»Nichts ist leichter als das. Sie müssen nur richtig kombinieren. Jedes Kind kann das. Wenn

Sie jetzt allerdings an Urkundenfälschung oder Brandstiftung denken, so haben Sie schon verloren. Fälschungen lassen sich leicht nachweisen. Brandstiftungen nicht immer, aber sie haben einen erheblichen Nachteil: Man muß erst einmal Immobilien besitzen, damit man sie anzünden kann. Ich besaß nichts außer meinem Verstand. Also ließ ich mir etwas einfallen.

Ich suchte mir aus dem Telefonbuch die Anschrift eines Fachgeschäftes für Münzensammler heraus. Dann setzte ich mich hin und schrieb ihnen einen Brief. Ich teilte ihnen mit, daß ich auf dem Dachboden zwischen dem Nachlaß meines Großvaters eine alte florentiner Goldmünze, einen Florin, gefunden hätte. Ich bat um ihr fachmännisches Urteil. Falls sie interessiert seien, sollten sie mir ein Angebot machen. Diesen Brief steckte ich in ein Pappetui nicht größer als eine dicke Zigarettenschachtel. Das Minipäckchen gab ich gut verschnürt und versiegelt beim nächsten Postamt als Wertbrief auf. Inhalt: 1 antike Goldmünze. Wert: 1 Million Lire. Gewicht: 35 Gramm.

Wie erwartet bekam ich drei Wochen später amtlichen Bescheid von der Oberpostdirektion, daß mein eingeschriebener Wertbrief auf dem Transport bedauerlicherweise verlustig gegangen sei. Die Schadensfeststellung läge der Versicherung zur Bearbeitung vor. Zwei Monate später saß ich auf dem Lido in Venedig, ließ mir den eisgekühlten Campari schmecken, flirtete mit den deutschen Urlauberinnen und plante ganz nebenbei die Finanzierung meines nächsten Urlaubs.«

»Und wie haben Sie es angestellt?« fragte ich.

Er lächelte spitzbübisch: »Ihr Deutschen seid so stolz auf eure Tüchtigkeit, auf eure Erfindungen. Lassen Sie sich was einfallen. Die Aufgabe lautet: Wie kann man aus einem versiegelten Wertpaket eine Goldmünze verschwinden lassen?«

»Ja, hatten Sie denn wirklich eine Goldmünze?«

»Nein, natürlich nicht.«

»Na, dann brauchen Sie sie doch gar nicht verschwinden zu lassen.«

»Ach, Sie meinen, ich hätte den Wertbrief ganz einfach ohne die Münze verschicken sollen. Und weiter? Der Münzhändler muß dem Briefträger quittieren, daß er das Einschreibpäckchen unversehrt entgegengenommen hat. Wäre es aber heil und leer, so ist offenkundig, daß sich in dem Päckchen niemals eine Goldmünze befunden hat. Also hätte ich keine Ansprüche geltend machen können. Nein, nein, ich mußte den Nachweis erbringen, daß die Münze während des Transportes in der Obhut der Post verloren gegangen war.«

»Sie hatten einen Komplizen bei der Post, der das Päckchen verschwinden ließ.«

»Einen Beamten, meinen Sie? Auf den würde der Verdacht zuallererst fallen«, sagte der Alte. »Kein Postbeamter tut so etwas. Es lohnt sich nicht. Das Risiko ist zu groß, und die Kontrolle ist zu scharf. Er muß alle eingeschriebenen Teile, die er annimmt, unterschriftlich beglaubigen. Aber sie liegen nicht ganz verkehrt. Ich hatte einen Komplizen: Eine Maus.«

»Eine Maus?«

»Ja, mein erster Komplize war eine Maus. Mäuse sind ideale Partner um »Mäuse zu machen«. Sie sind klein und unscheinbar, kommen überall rein und raus, und vor allem: Sie reden nicht.« Er zog an der Zigarre, blickte den Rauchkringeln hinterher und lobte: »Ein edles Kraut.«

»Und weiter?« fragte ich.

»Was weiter?«

»Wie geht Ihre Geschichte mit der Maus weiter?«

»Wissen Sie es immer noch nicht? Der Trick ist ganz einfach. Man steckt statt der Münze eine

Maus in das versiegelte Päckchen. Niemand vermag später festzustellen, ob sich die Kleine von drinnen nach draußen oder von draußen nach drinnen gefressen hat. Ihr Wertpaket bekommt während des Transportes ein Loch. Der Inhalt fehlt, und Sie sind schadensersatzberechtigt. Aber seien Sie vorsichtig. Es ist kein Zufall, daß ich eine Münze genommen habe, denn Münzen sind rund und flach. Es ist glaubwürdig, daß sie herausrollen und unauffindbar verschwinden können. Vor allem aber sollten Sie nicht vergessen, daß Wertpäckchen sehr genau gewogen werden. Eine Maus ist ungefähr so schwer wie eine Goldmünze. Das ist wichtig, wenn die Detektive der Versicherungsgesellschaft den Gewichtsverlust nachprüfen sollten. Mäuse haben die unangenehme Angewohnheit alles anzuknabbern, was sich ihnen in den Weg stellt. Mein kleiner Partner wird nach seiner Befreiung noch etliche andere Pakete angenagt haben, wodurch er jeden Verdacht – falls es den überhaupt gab – gleichmäßig auf eine Vielzahl von Wertpaketabsendern verteilte. Niemand kam auf die Idee, daß die kleine Maus einen Partner hatte.«

Der Zug hielt im nächsten Dorf.

»Ich könnte Ihnen noch ganz andere Geschichten erzählen«, sagte der Alte. »Aber leider bin ich bereits am Ziel. Behalten Sie den Trick mit der Maus für sich. Er ist gut und funktioniert immer. *Arrivederci.*«

Er gab mir die Hand und stieg aus.

Später stellte ich fest, daß meine Brieftasche fehlte. Der Trick mit der Maus war ein Trick gewesen, um an meine Mäuse zu kommen. Der Alte war noch besser, als ich gedacht hätte.

Das Kronomobil

Die Menschen haben die seltsamsten Hobbys. Sie klettern senkrechte Bergwände empor, sammeln Briefmarken und Bierdeckel oder schießen auf harmlose Hasen. Ich studiere historische Schlachten.

So wie andere nach Rom reisen, um die Peterskirche zu sehen, so fahre ich nach Waterloo und

Verdun, zu den Thermopylen und in den Teutoburger Wald.

Keine Kathedrale vermag mich so zu erschüttern wie ein Schlachtfeld. Wer eine Antenne für die Tragödie des tausendfachen Todes hat, den ergreift es hier wie sonst nirgendwo auf dieser Erde. Welche Begeisterung und Verzweiflung! Welche Größe und Gemeinheit! Wieviel Glanz und Elend, Tod und Sieg, Angst und Opferbereitschaft! Welche Flut von Flüchen und Gebeten brandet hier gegen den Himmel. Wieviel Jugend vermodert hier! Das große Schlachten verändert uns alle, schmiedet Knaben zu Kämpfern und Kämpfer zu Krüppeln, Helden zu Hasen und Hasen zu Bestien. Hier auf den Schlachtfeldern werden die Weichen unserer Geschichte gestellt. Hätten die Türken Wien erobert, das Abendland wäre einen anderen Weg gegangen. Nicht auszudenken, was geschehen wäre, wenn Hitler in Stalingrad gesiegt hätte!

Im Sommer 1984 reiste ich nach Böhmen, um die Felder der großen Mongolenschlacht zu besuchen. Vielleicht erinnern Sie sich noch? Im Herbst des Jahres 1241 erscheinen die mongolischen Reiterhorden, die Geißel Gottes, an der böhmischen Ostgrenze. Wie der Sturm waren sie über Asien, Rußland und Polen hinweggestürmt, mordend und plündernd. Jeder Widerstand wurde zerhackt und niedergeritten.

Das zahlenmäßig weit überlegene deutsche Ritterheer, das sich ihnen entgegenstellt, wird vollständig vernichtet. Das Tor zum Abendland steht unbewacht weit offen. Alle Reichtümer Europas liegen den unersättlichen Söhnen Dschingis-Khans zu Füßen. Wie reife Früchte locken Prag, Paris, Rom und Mailand, das Gold der Provence, das Silber der Lombardei und die vollen Schatztruhen der Reichsstädte, der Könige und Klöster. Welche Beute! Welch ein Sieg!

Europa erwartet die Knute.

Aber die Mongolen ziehen sich ohne erkennbaren Grund zurück, um Peking zur Hauptstadt ihres Reiches zu machen. Hätten sie ihren Weg fortgesetzt, Europa wäre eine chinesische Provinz geworden. Was hinderte sie daran? Die Kirchenchroniken aus jenen Tagen sprechen von einem Wunder, wie immer, wenn es um Ereignisse geht, die sich mit unserem beschränkten Verstand nicht erfassen lassen.

Es war schon später Nachmittag, als ich mit meinem alten Mercedes das Schlachtfeld erreichte. Der Regen fiel auf abgeerntete Felder. Öd und verlassen lag das Land da. Ich war der einzige Mensch. Aber dann sah ich ihn. Erst hielt ich ihn für einen Hirten. Er trug einen dunklen Schlapphut und steckte in einem viel zu großen Lodenmantel, der ihm bis auf die Schnürstiefel fiel. Sein gekräuseltes Haar hing ihm wie nasse Schafwolle in die Stirn. Buschige Augenbrauen beschatteten die Augen. Das linke hielt er fest zugekniffen, so als fühlte er sich geblendet. Tiefe Traurigkeit ging von diesem einäugigen Gesicht aus.

Ich ging zu ihm und wünschte ihm einen guten Tag.

»Guten Tag«, sagte er. »Aber das ist kein guter Tag.« Er sprach deutsch, mit jiddischem Einschlag, so schien es mir. Und in der Tat erinnerte er mich aus der Nähe an einen orthodoxen Juden. Seine gewaltige Nase überragte die unrasierte Oberlippe. Die Mundwinkel hingen nach unten.

»Sie interessieren sich für die Schlacht?« fragte er. Und ohne meine Antwort abzuwarten fuhr er fort: »Dort drüben standen die Zelte der Ritter, Hunderte, Tausende, eine ganze Stadt voller Leben. Ritter, Knappen, Pagen, Trommler, Troßvolk, Marketenderinnen und Pferde. Ihre Banner und Standarten flatterten im Westwind. Dort wo die Eichen stehen – die standen damals noch nicht – hatten sie ein hölzernes Kreuz errichtet. Darunter segneten die Priester die Waffen. Hier, wo wir jetzt stehen, befand sich eine Tannenschonung. Und gleich dahinter lagerten die Mongolen unter freiem Himmel. Sie verabscheuten Zelte und schliefen bei ihren kurzbeinigen Pferden in völliger Finsternis. Feuer brauchten sie nicht, denn sie lebten von roher Kost, von saurer Stutenmilch und blutigem Beutefleisch, das sie unter ihren Satteldecken gar ritten. Hier auf dem Hügel, gegenüber von dem hölzernen Kreuz, hatten sie ihre doppelgehörnten Standarten aufgestellt.«

»Sie reden, als hätten Sie das alles mit eigenen Augen gesehen«, unterbrach ich ihn. »So als wären Sie dabei gewesen.«

Er sah mich an, als verstünde er mich nicht.

»Ja«, sagte er. »Ja, so war es.«

Er machte einen völlig verwirrten Eindruck, so als sei er soeben aus tiefer Trance erwacht oder als sei er nicht Herr seiner Sinne. Dabei sprach er mit großer Ausdruckskraft, wie jemand, der weiß, wovon er spricht. Ich sah, daß seine Hände zitterten.

»Ich bräuchte einen Schluck Wasser«, sagte er.

»Kommen Sie mit hinüber zu meinem Wagen«, lud ich ihn ein. »Ich habe eine Thermosflasche mit frischem, heißem Kaffee dabei.« Und dort bei Kaffee und Keksen erzählte er mir seine seltsame Geschichte:

»Gibt es etwas Mächtigeres als die Zeit? Wir alle treiben in ihrem reißenden Strom. Alles, was existiert, wird von der Zeit verschlungen. Was aber ist das, die Zeit?« Er sah mich mit seinem einen Auge fragend an. »Im Lexikon finden Sie gleich eine ganze Reihe von Antworten. Da ist die Rede von der objektiven Zeit als mathematisch-physikalischer Größe und von der subjektiven Zeit als persönlichem Erleben eines zeitlichen Ablaufs.«

Diese nichtssagende Art des Definierens erinnerte mich an meinen alten Lehrer, der immer sagte: »Seife ist, wenn man keine hat, nimmt man einen Bimsstein.«

»Wenn Einstein von der Zeit als der vierten Dimension des Raumes spricht, so ist das so einleuchtend, wie wenn uns der Apostel Paulus die Dreifaltigkeit Gottes predigt. Wer nach einer Antwort sucht, wird enttäuscht. Hier wird eine Frage mit einer anderen beantwortet, eine Unbekannte wird durch eine andere ersetzt. Meist erfolgt dann die Belehrung, daß die Zeit als vierte Dimension des Raumes zwar verstandesmäßig nicht erfaßbar sei, sich jedoch mathematisch beweisen ließe. Hier gilt es, vorsichtig zu sein, denn rechnerisch läßt sich jeder Unsinn beweisen.

Nein, vergessen wir die Mathematik. Lassen wir den gesunden Menschenverstand sprechen: Was ist Zeit? Wenn Sie jetzt sagen: ›Das weiß doch jedes Kind‹, so irren Sie sich gewaltig. Erst nach Vollendung des dritten Lebensjahres wird sich der Mensch des Zeitablaufes bewußt, und erst im siebten Lebensjahr entwickelt sich das Vermögen, zwischen Gleichzeitigkeit und zeitlicher Aufeinanderfolge zu unterscheiden. Der junge Mensch erkennt, daß die Zeit vergeht. Aber was besagt das schon? Die Redewendung ›Zeit vergeht‹ ist genauso nichtssagend wie ›Länge erstreckt sich‹ oder ›Gewicht wiegt‹.

Auch unsere noch so exakten Uhren verraten uns nichts über das Wesen der Zeit. Eine Sekunde ist der 86400. Teil eines Tages. Wir wissen heute, daß unsere Erde nach mehreren kosmischen Katastrophen ihre Drehgeschwindigkeit geändert hat. Hatte der Tag damals vielleicht nur dreiundzwanzig Stunden, oder war die einzelne Stunde nur kürzer als heute? Unsere Uhren sagen uns nichts über das Wesen der Zeit. Sie sind nur mechanische oder elektronische Behelfskrücken, um das Nacheinander von Ereignissen meßbar zu machen.

Dieses Nacheinander ist ein typisches Merkmal der Zeit. Nehmen wir zum Beispiel unser Leben. Wir werden geboren, wachsen heran, altern und sterben. Dieser Ablauf läßt sich weder aufhalten noch umkehren.

Das gilt auch für die Physik, wo der Ablauf durch Ursache und Wirkung ausgelöst wird. Wirft man einen Stein ins Wasser, so breiten sich ringförmige Wellen vom Mittelpunkt her aus. Eine Umkehrung des Vorganges ist noch niemals beobachtet worden. Anders wird es jedoch, wenn wir in die Welt der Atome eindringen. Werner von Heisenberg war der erste, der feststellte, daß für die Elementarteilchen Begriffe wie ›früher‹ oder ›später‹ nicht gelten. Hier kann es zwischen kurzlebigen Teilchen zu Wechselwirkungen kommen, bei denen, wie Heisenberg wörtlich sagte, ›gewisse Prozesse zeitlich umgekehrt ablaufen, als es ihrer kausalen Reihenfolge entspricht‹.

Noch aufregender wird es, wenn man sich näher mit dem Phänomen der Antimaterie befaßt. Bekanntlich besteht ja Antimaterie aus Elementarteilchen gleichen Aufbaus, jedoch mit umgekehrter elektrischer Ladung. In einem Sternensystem aus Antimaterie würde die Zeit rückwärts laufen.

Unbegreiflich erscheinen uns auch alle Zeithypothesen bei Annäherung an die Lichtgeschwindigkeit. Ein Astronaut, der in einer Rakete mit sechsundachtzigprozentiger Lichtgeschwindigkeit durchs All fliegt, altert nur halb so schnell wie sein auf der Erde verbliebener Zwillingsbruder.

Ich widmete mein Leben der Zeit.

Da die Weltraumfahrt eine so kostspielige Angelegenheit ist, daß nur die reichen Supernationen sie zu finanzieren vermögen, wandte ich mich von Anfang an der Nuklearforschung zu, genauer gesagt: den zeitlich rückwärts verlaufenden Vorgängen in kurzlebigen Elementarteilchen. Und ähnlich wie Hahn und Heisenberg öffneten sich mir neue, ungeheure Welten des Wissens, die unser Leben noch entscheidender verändern werden als die Kernenergie. Ich erkannte: Der Zeitablauf ist umkehrbar. Um für diese mathematisch beweisbare These den praktischen Beweis anzutreten, beschloß ich den Bau einer ›Zeitmaschine‹. Schon der Name ist irreführend, denn es handelt sich natürlich nicht um eine Maschine im klassisch-industriellen Sinn, sondern um ein elektronisches Element, der Biophysik verwandter als der Mechanik. Ich will Sie hier nicht mit Einzelheiten der Konstruktion langweilen, die Ihnen als Laien sowieso nichts sagen. Aber auch ein Fachmann würde mich nicht verstehen, denn ich bewegte mich mit meinen Experimenten auf absolutem Neuland. Ich nannte meine Zeitmaschine ›Kronomobil‹, eine Zusammensetzung aus *kronos*, die Zeit, und *mobil*, was soviel wie beweglich heißt. Die größte Schwierigkeit bereitete mir die temporale Isolation, denn bei der Reise gegen den Strom der Zeit verjüngt sich nicht nur die Umgebung, sondern auch die gesamte Anlage, einschließlich der Besatzung. Bei meinen ersten Versuchen zerfielen alle Metallteile wieder zu Erzen, Plastikverbindungen zu Rohöl. Erwachsene Versuchskaninchen schrumpften innerhalb weniger Sekunden zu nackten Neugeborenen. Erst nach langem Experimentieren gelang mir die temporale Isolation. Damit aber stand das Tor zur Vergangenheit offen. Aber es sollten noch einmal acht Jahre vergehen, bevor ich den ersten Schritt wagte. An meinem fünfzigsten Geburtstag reiste ich zum erstenmal einen Tag zurück. Zwar war das Ganze noch recht nebulös und verwaschen wie auf einem überbelichteten Film, dennoch war es ungeheuer aufregend, noch einmal Ereignisse zu erleben, die längst der Vergangenheit angehörten.

Ein Jahr später feierte ich dann noch einmal meinen fünfzigsten Geburtstag. Technisch war die Reise gegen den Strom der Zeit nun kein Problem mehr. Sorgen bereiteten mir die zeitaufwendigen Vorbereitungen und die Finanzen, denn jeder Start kostete mich ein Vermögen. Ich beschloß daher, nicht länger zu zögern und endlich den Griff nach den Sternen zu wagen, das hieß in meinem Fall, in die historische Vergangenheit vorzustoßen – oder zurückzustoßen.

Am meisten interessierte mich der Bau der ägyptischen Pyramiden. Da aber niemand mehr weiß, wann diese Weltwunder gegen den Himmel getürmt wurden, so fehlte mir der historische Termin als Zielpunkt meiner Zeitreise. Außerdem wollte ich bei meinem ersten Testflug in die Geschichte nicht gleich vierzig Jahrhunderte zurücklegen. Die maximale Rückfall-Route sollte aus technischen Gründen neunhundert Jahre nicht überschreiten. Und so stieß ich auf das Jahr 1241.

Ich baute mein Kronomobil hier in diesem Tal auf. Es hatte etwa die Größe von Ihrem Auto. Aber während sich Autos im Raum fortbewegen, bewegen sich Zeitmaschinen in der Zeit, ohne ihren örtlichen Standpunkt wesentlich zu verändern. Die dabei freiwerdende Photonenstrahlung hebt es lediglich einige Meter vom Boden ab, so als schwebe die Maschine auf einem Luftkissen. Dabei verbreitet sie ein kaltes, bläuliches Licht. Die meisten Menschen glauben wohl, Zeitmaschinen seien so etwas wie Zauberstäbe oder fliegende Teppiche aus dem Märchen, mit denen sich unbegrenzt Wunder vollbringen ließen. Das ist natürlich Unsinn. Alles, was existiert, unterliegt den Gesetzen der Materie. Der kleinste Fehler verursacht eine Katastrophe. Nach sorgfältiger Vorbereitung war ich dann endlich soweit.

Anders als bei einem Raketenstart, wo die Schwerkraft dem Körper zu schaffen macht, nimmt man den Aufbruch in die Vergangenheit zunächst kaum wahr. Die Luft beginnt zu flimmern. Tag und Nacht fliegen vorüber wie im Zeitraffer einer Filmprojektion. Sommerliches Grün wechselt mit winterlichem Weiß, Regen mit Sonne. Seltsame Schatten bilden sich wie Gewitterwolken, verändern ihre Form, lösen sich auf. Schneestürme aus wirbelnden Konfetti. Neunhundert Jahre explodierten vor meinen Augen wie Feuerwerk. Und dann, so schlagartig, wie er begonnen hatte, endete der optische Spuk. Ich wußte, ich war am Ziel.

Vor mir lag das Tal. Die Schlacht war bereits

geschlagen. Rauch stieg in den Himmel. Zu Tausenden bedeckten die Toten das zerstampfte Feld. Die meisten waren von Pfeilen durchbohrt. Viele waren bis zur Unkenntlichkeit zerhackt. Die Krummsäbel der mongolischen Reiter hatten ganze Arbeit geleistet. Während dort drüben mit dem Rücken zum Fluß einige versprengte Haufen unter ihren zerfetzten Fahnen noch erbitterten Widerstand leisteten, hatte die Plünderung bereits begonnen. Dicht an dicht wie Fliegen über einem Kadaver, so überfielen die Mongolen das verlassene Lager der Ritter. Wie die Wölfe rissen sie an sich, was sie für wertvoll erachteten, Waffen, Schmuck und Kleidung, Kunstgegenstände, kupfernes Kochgeschirr, Fahnentuch, Trommeln und Proviant. Während eine junge Marketenderin direkt vor mir geschändet wurde, war eine Horde damit beschäftigt, die Jagdhunde des Herzogs von Orléans zu schlachten, offenbar hielten sie Hundefleisch für eine Delikatesse. Und dann, wie ein Sturm, erhob sich ein Schrei, ein Schrei aus tausend Kehlen, wie ich ihn in meinem ganzen Leben noch nicht gehört hatte. Es klang wie ›Akkaba!‹ Was war das? Alle Augen waren auf mich gerichtet. Wie ein Feuerball aus Eis, eine violette Sonne, schwebte ich über dem abendlichen Tal. ›Akkaba!‹ Mit angstverzerrten Gesichtern stürzten sie zu ihren Pferden, vergaßen Beute und Sieg. In unbeschreiblicher Panik stürzten sie davon, so als wäre der Teufel hinter ihnen her. Akkaba! Und während sie davonstoben wie Spreu, in die der Sturm fährt, da wurde mir bewußt, daß ich das Abendland gerettet hatte. Ich, der ich siebenhundert Jahre später erst geboren wurde! Können Sie das fassen? Was ist das, die Zeit? Was ist gestern, heute und morgen? Vielleicht wird der Sieger der Schlacht von Stalingrad erst in tausend Jahren geboren? Wer vermag das zu sagen?«

Ein Auto kam den Feldweg heraufgefahren.

»Entschuldigen Sie mich bitte«, keuchte der Mann, und eh ich mich versah, hatte der aufsteigende Abendnebel ihn verschluckt.

Der Wagen hielt. Zwei Uniformierte entstiegen ihm.

»Grüß Gott«, sagte der jüngere. »Haben Sie hier einen Mann gesehen, nicht ganz so groß wie Sie, etwa sechzig?«

»Er ist aus der Anstalt ausgebrochen«, sagte der andere. Und so, als wollte er mich besänftigen, fügte er hinzu: »Er ist nicht gefährlich, aber halt nicht richtig im Kopf. Sie verstehen?«

»Ja, ich verstehe«, sagte ich.

Der Möwenmörder

Jeder kennt Venedig, aber wer kennt schon Grado, die venezianische Tochterstadt im Golf von Triest?

Falls Sie jemals hierherkommen, so sollten Sie sich der Stadt vom Meer her nähern. Wie eine Fata Morgana taucht das alte Gemäuer aus dem Dunst der Lagune auf. Das Wasser ist schlammig und flach wie das friesische Wattenmeer. Schiffe vermögen sich nur in engen, ausgebaggerten Straßen zu bewegen, die mit Reisigbesen markiert sind. Wer hier vom Weg abkommt, bleibt im Schlamm der Lagune stecken.

Um so froher war ich, als ich nach Einbruch der Dunkelheit das Leuchtfeuer des kleinen Hafens dicht vor mir entdeckte. Die Bora, vor der ich hierher geflohen war, hatte inzwischen die Windstärke vier erreicht. Seit zwei Stunden fuhr ich ohne Segel mit laufendem Motor, ständig in Sorge, die Straße zu verlieren und im Schlamm zu enden.

An der Mole lagen vier Jachten, alle größer als mein Boot. Ich warf Buganker und legte mich leewärts neben einen Zweimaster mit italienischem Hoheitszeichen. Der Sturm staute die Wellen zu beachtlicher Höhe. Ich war heilfroh, als ich ohne Schaden Achterleinen, Vorleine und Fender festgemacht hatte. Mit einer Mannschaft ist das kein Problem, aber wenn man wie ich allein durch die Gegend schippert, so weiß man mit nur zwei Händen nicht, was man zuerst erledigen soll. Als der Kahn endlich festlag, wußte ich es. Ich genehmigte mir einen doppelten Whisky aus der Flasche. Meine Glieder waren steif und schmerzten. Ich war naß und fror.

Von allen Möglichkeiten zu reisen ist Segeln mit Abstand die unbequemste. Ich war so müde, daß ich angezogen einschlief.

Ein Schrei schreckte mich aus dem Schlaf. Hatte ich geträumt? Ich wagte nicht zu atmen. Ein Schrei zerriß die Stille, der Schrei eines Tieres, einer gemarterten Katze. Oder war es ein Kind?

Ich sprang aus dem Bett. Stieß mir den Kopf blutig. Suchte die Taschenlampe. Vergeblich. Da war der Schrei wieder. Es war ein Todesschrei. Mir gefror das Blut. Aufhören! Das ist ja entsetzlich. Ich tastete mich zum Aufgang.

Als ich mich ins Freie zwängte, war es totenstill. Im Osten sickerte blutig die Morgenröte über den Horizont. Nichts war zu hören. Nur die Wellen schlugen gegen den Bug. Hatte ich geträumt? Ich wartete mit angehaltenem Atem. Nichts. Auf keinem der Schiffe brannte Licht. Wie große tote Fische lagen sie auf dem Wasser. Außer mir schien niemand etwas gehört zu haben. Die Kälte trieb mich zurück in meine Koje. Aber ich fand keinen Schlaf mehr.

Als die Sonne in die Kabine schien, zog ich mich an. Ich machte mir Tee und stellte fest, daß ich dringend neuen brauchte. Meine Einkaufsliste war ohnehin zwei Seiten lang, und so ging ich an Land, denn die Händler auf den Märkten in Italien öffnen ihre Stände kurz nach Sonnenaufgang.

Auf der Jacht backbord von mir schien noch alles zu schlafen. Ein stolzes Boot. Deckplanken und Maste waren aus warmem Mahagoni. Die Messingbeschläge schimmerten in der Morgensonne wie Gold. Und dann sah ich die Möwe. Ihre ausgebreiteten Schwingen zitterten im Wind. Schnabel und Augen waren weit aufgerissen. Das Gefieder war blutverschmiert. Irgend jemand hatte sie bei lebendigem Leibe an den Mast genagelt. Ich dachte an den Schrei. Sie haben sie gekreuzigt. Mein Gott, was gibt es nur für Menschen! Mein Magen revoltierte. Ich mußte mich abwenden. Sie haben sie wahrhaftig gekreuzigt. Diese Schweine!

Auf dem Platz vor dem Dom hatten die Fischer den Fang der Nacht ausgebreitet: purpurrote Barben mit Flossen wie Blütenblätter, stachelige Koboldfische, blauschleimige Aale, Warzenfische, Muränen und achtarmige Polypen, skurril, wie von Picasso entworfen.

Ich dachte an die Möwe.

Nachdem ich meine Einkäufe erledigt hatte, ging ich hinüber zum Dom. Eine alte Frau kniete vor dem Altar. Ihr Haar schimmerte im flackernden Kerzenlicht wie Meerschaum. Es roch nach Weihrauch und Bohnerwachs. Mein Blick fiel auf den Gekreuzigten. Ich mußte an die Möwe denken.

Am großen Kanal sah ich den Möwen zu. Wie Seerosen schaukelten sie auf dem schmutzigen Wasser. Jemand warf ihnen ein Stück Brot zu. Pfeilschnell flogen sie der Beute entgegen. Ein gelber Schnabel schnappte sie noch in der Luft. Die Leerausgegangenen beschimpften krächzend ihr Mißgeschick.

Wie kann jemand eine Möwe an den Mast seines Schiffes nageln? Der Gedanke ging mir nicht mehr aus dem Kopf. Natürlich, die meisten Bootseigner mögen die Möwen nicht. Die Seevögel übernachten mit Vorliebe auf den festgemachten Schiffen. Mit ihrem Kot besudelten sie das ganze Deck. Aber ist das ein Grund, sie zu kreuzigen? Zwei Eimer Wasser, und das Deck ist wieder klar. Der Kerl neben mir mußte ein unglaublicher Sadist sein.

Als ich zum Hafen zurückkam, sah ich ihn. Mit nacktem Oberkörper hing er in einem Liegestuhl und schlief. Er schlief wirklich, denn er schnarchte. Behaart wie ein großer Affe lag er da, völlig erschöpft. Am frühen Morgen! Müde vom Möwenmorden.

Aber dann sah ich den wahren Grund seiner Müdigkeit. Sie war nackt und drehte mir den Rücken zu. Sie war damit beschäftigt, ihr langes, blauschwarzes Haar zu einem Zopf zu flechten. Ich bewunderte den zarten, zerbrechlichen Schwung der Nackenlinie und den kleinen festen Po. Auf den ersten Blick hielt ich sie für ein Kind, aber dann sah ich ihre Brüste im Profil. Ich hielt den Atem an. Elastisch und spitz wippten sie im Rhythmus der flechtenden Finger. Mit einem Ruck, so als spürte sie meinen Blick auf ihren Brüsten, wandte sie mir das Gesicht zu. Sie sah mich. Ihre Augen weiteten sich vor Angst. Es waren die Augen einer Chinesin oder Japanerin. Drei Herzschläge lang verharrte sie völlig regungslos, vom Schreck gelähmt, dann huschte sie leichtfüßig wie ein scheues Tier davon.

Ich verstaute meinen Proviant, holte die gestrige Eintragung im Logbuch nach und überprüfte den Diesel. Natürlich dachte ich die ganze Zeit über nur an sie. Als ich wieder an Deck stieg, war der Liegestuhl leer. Zwei bärtige Segler von dem weiter backbord liegenden Schoner kamen herüber. Ich lud sie ein, an Bord zu kommen. Sie waren Engländer, Studenten, und wollten trotz der schlechten Wettervorhersage noch heute hinüber zur jugoslawischen Küste. Wir tranken

Tee und Rum, sprachen vom Wetter und vom Segeln, von den Zielen, die vor uns lagen, und von den guten und schlechten Erfahrungen in den Häfen, die hinter uns lagen, als die Sprache auf den italienischen Zweimaster neben mir kam.

»Ein brutaler Typ«, sagte der ältere der beiden Engländer, der John hieß und wie Charles Darwin aussah. »Als wir vor einer Woche hier anlegten, war der Hafen voll von Möwen. Dann kam er und räumte auf. Er fängt die schlafenden Vögel mit Schlingen und nagelt sie lebendig an den Mast. Ihre Todesschreie verjagen die anderen.«

»Habt ihr mit ihm gesprochen?«

»Er spricht nur Italienisch und läßt keinen auf sein Schiff. Sie waren zu dritt. Zwei Männer sind kurz nach der Landung mit einem Taxi davongefahren. Seitdem hockt er allein auf dem Schiff, sonnt sich oder killt Möwen.«

Sie erwähnten mit keinem Wort die junge Chinesin. Es war klar, daß er sie versteckt hielt. Vielleicht war sie seine Gefangene. Aber warum hatte ich sie dann so erschreckt? Mußte ihr nicht jeder Kontakt mit der Außenwelt als Rettung erscheinen? Oder hatte man sie so eingeschüchtert, daß sie nur noch willenloses Opfer war, eine festgenagelte Möwe?

Der Nachmittag verging, ohne daß sich etwas

auf dem Nachbarschiff rührte. Ich war schon der Meinung, sie seien an Land gegangen, während ich mich unter Deck mit den Engländern unterhalten hatte, da bemerkte ich, wie der Zweimaster bei ruhiger See zu schaukeln begann. Die Bewegung war nicht stark. Wenn ich das Boot nicht beobachtet hätte, so wäre sie mir vermutlich gar nicht aufgefallen. Es war so, als wenn sich unter Wasser ein großer Fisch am Kiel den Rücken scheuern würde.

Ich lockerte meine Achterleinen und zog mich so dicht an den Italiener heran, daß ich mein Ohr an seine Bordwand legen konnte.

Ganz deutlich hörte ich das Wimmern einer Frauenstimme, erstickte Schreie, Stöhnen und Röcheln. Das Blut gefror mir in den Adern. Er brachte sie um. Ich wollte mich schon hinüberschwingen, als ein männlicher Schrei an mein Ohr drang, ein wilder, heiserer Aufschrei. Und mit einem Mal durchzuckte mich die Erkenntnis, daß ich nicht der vom Schicksal geschickte Retter war, sondern ein kleiner, mieser Voyeur, der seine Nachbarn beim Bumsen belauschte. Angewidert zog ich mich zurück.

Als ich eine halbe Stunde später an Deck kam, schaukelte der Zweimaster schon wieder. Kein Wunder, daß dieser geile, alte Affe schon morgens schnarchte. Die Kleine war doch noch ein Kind. Ob sie ihn liebte? Wie kann man jemanden lieben, der Möwen kreuzigt?

Obwohl es kühl war, setzte ich mich am Abend demonstrativ nach draußen, vor mir auf dem Tisch eine zollfreie Flasche Bourbon. Die Maiabende waren lang, und ich hatte Zeit. Kurz vor acht ließ er sich endlich sehen.

»Guten Abend. *Good evening*«, rief ich hinüber.

»*Buona sera*«, antwortete er.

»Wie wär's mit einem Drink?« fragte ich und zeigte auf die noch fast volle Flasche. Er schüttelte verneinend den Kopf: »*Non parlo tedesco.*« Und dann sagte er: »*Buona notte*«, drehte mir den Rücken zu und verschwand im Inneren seines Schiffes.

Ich ging an Land und suchte mir eine Trattoria, wo ich mit ein paar alten Fischern Valpolicella trank.

Ich verstand nur die Hälfte von dem, was sie in gebrochenem Englisch erzählten.

Als ich spät in der Nacht zum Boot zurückkehrte, war der Himmel bewölkt. Die Hafenlaternen waren bereits erloschen. Es war finster wie in einem wasserdichten Seesack. Ich setzte mich ans Heck, um noch eine Zigarette zu rauchen, riß ein Streichholz an, das Licht flammte auf: Für einen kurzen Augenblick sah ich sie. Sie stand hinter dem großen Fenster in der Messe und schaute zu mir herüber. Ein Ausdruck unaussprechlicher Traurigkeit lag auf ihrem Gesicht. Als ich ein zweites Zündholz anriß, war sie verschwunden.

Später im Traum kam sie zu mir. Sie war nackt. Sie beugte sich über mich und streichelte mich mit ihren spitzen Brüsten. Kalt wie ein Fisch war ihre Haut. »Wärme mich«, sagte sie. Ich nahm sie, und sie öffnete den Mund so, als wollte sie schreien. Und dann schrie sie. Es war der Todesschrei einer Möwe. Er riß mich aus meinem Traum. Doch bevor ich erwachte, hörte ich die Stimme des Mannes, ein unterdrückter Fluch. Polternde Schritte. Ein eiserner Gegenstand fiel zu Boden. Dann folgte ein Schlag, so, als ob die Axt in den lebendigen Leib eines Baumes fährt. Ich griff nach meiner Taschenlampe und stürzte nach oben. »Ist da jemand?« rief ich.

Stille. Nur Wind und Wellen.

Ich knipste die Lampe an. Mitten auf dem Deck wie ein Geist in wallendem Gewand stand die kleine Chinesin. Ihr offenes Haar wehte im Wind. In der rechten Hand hielt sie einen Hammer. Am Mast flatterte eine festgenagelte Möwe.

Darunter lag mit dem Gesicht auf den Planken ein Mann. Er röchelte wie ein Erstickender. Ich sprang hinüber. Vor mir lag der Möwenmörder. Sein Schädel war eine einzige blutige Masse. Reglos wie eine steinerne Rachegöttin stand sie neben ihrem Opfer. Ich nahm ihr den Hammer aus der Hand und kniete neben dem Erschlagenen nieder. Man brauchte kein Arzt zu sein, um zu erkennen, daß dem Mann nicht mehr zu helfen war.

»Warum hast du das getan?« fragte ich angewidert.

Sie antwortete nicht. Mit weit aufgerissenen Augen starrte sie auf die noch lebende Möwe am Mast. Man hatte sie erst vor wenigen Minuten gekreuzigt.

Und mit einem Mal ahnte ich, was geschehen war: Ich sah ihn, wie er den ängstlich flatternden Vogel aus der Schlinge nahm.

»Nein, bitte nicht«, hatte die junge Chinesin gebettelt. »Bitte.«

Er hatte gelacht, sie beiseite gestoßen, zum Hammer gegriffen und den ersten Nagel durch die besonders empfindliche Stelle unter dem Ansatz des zitternden Flügels getrieben. Die Möwe hatte vor Schmerz geschrien. Die junge Frau hatte die Hände gegen ihre Ohren gepreßt.

»Nein«, schrie sie. »Nein.« Aber schon hatte er den zweiten Nagel in das schreiende Tier geschlagen. Sie hatte sich auf den Mann geworfen. Überrascht von dem unerwarteten Angriff hatte er das Gleichgewicht verloren, war zu Boden gestürzt. Der Hammer war seiner Hand entglitten.

»Na warte«, hatte er geschrien, »dir werde ich es zeigen...« Doch bevor er wieder auf den Beinen gewesen war, hatte sie den Hammer ergriffen und zugeschlagen, einmal, zweimal, dreimal...

Ich schaute mich um. Obwohl es inzwischen bereits tagte, schien niemand das Entsetzliche bemerkt zu haben. Friedlich schlafend lagen die anderen Schiffe da. Aus der Richtung des Marktes hörte man die ersten Motorengeräusche der Lieferwagen.

»Wir müssen ihn wegschaffen«, sagte ich. »Komm, hilf mir.« Ich wickelte ihn samt Hammer ins Vorsegel und beschwerte das Paket mit der Ankerkette. Gemeinsam schafften wir ihn hinüber zu mir aufs Boot. Nachdem ich die blutigen Deckplanken sorgfältig gereinigt hatte, löste ich meine Halteleinen, holte den Anker ein und stach in See.

Sie hatte die ganze Zeit kein Wort gesprochen. Schweigsam und scheu wie ein gefangenes Tier kauerte sie auf dem Boden, die Augen voller Angst.

Ich sprach zu ihr wie zu einem Kind, obwohl ich ihr ansah, daß sie mich nicht verstand: »Mach dir keine Sorgen. Er hat bekommen, was er verdiente. Es war Notwehr. Er war ein brutales Schwein, ein Sadist, einer, der Möwen kreuzigt. Alles wird gut werden. Keiner hat uns gesehen. Wir werden ihn über Bord werfen, draußen auf offener See. Niemand wird ihn dort finden. Du bist frei. Ich werde dir helfen. Hab keine Angst.«

Sie aß nicht und sie trank nicht. Wie hypnotisiert saß sie da. Ich wickelte sie in eine Wolldecke und flößte ihr heißen Grog ein. Willenlos ließ sie alles mit sich geschehen. Ich streichelte ihr Haar.

Wir segelten vor einem besonders klippenreichen Abschnitt der jugoslawischen Küste. Das Ruder verlangte meine ganze Aufmerksamkeit. Als ich nach ihr sah, war sie in tiefen Schlaf gesunken, aus dem sie erst am Abend wieder erwachte. Sie erhob sich wortlos. Ihre Augen suchten den eingewickelten Leichnam. Ich hatte ihn mittags über Bord gerollt. Erleichtert kletterte sie wieder zurück in die Kajüte. Ich hörte, wie der Kühlschrank geöffnet wurde. Sie benagte ein halbes Huhn. Ein Tier, dachte ich, eine große Katze. Am tierhaftesten jedoch war ihr

Schweigen. Mit großen Augen hörte sie zu, wenn ich mit ihr sprach. Aber sie selbst sagte kein einziges Wort. Wenn ich auf mich zeigte und meinen Namen nannte, so erhellte ein Lächeln ihr Gesicht, so als verstünde sie. Wenn ich aber auf sie zeigte und nach ihrem Namen fragte, so schwieg sie.

»Ich glaube, du bist stumm.« Sie schwieg. Nur ihre Augen sprachen. »Du hast schöne Augen, Katzenaugen.« Sie verstand mich nicht. Oder doch?

In einer kleinen, einsamen Bucht gingen wir vor Anker. Während ich die Segel einholte, verschwand sie in der Kajüte und improvisierte in nur wenigen Minuten ein hervorragendes chinesisches Abendessen.

»Ich glaube, ich habe einen guten Fang mit dir gemacht.« Ich nahm sie in meine Arme. »Bitte nicht, noch nicht. Laß mir Zeit!« bettelten ihre Augen.

Später stand sie an der Reling und flocht ihr Haar.

»Du bist schön, kleine Möwe«, sagte ich.

In der Nacht hatte ich einen Traum. Wir lagen nackt auf dem warmen Sandstrand einer tropischen Meeresbucht. Die Brandung rauschte. Wir liebten uns. Sie wand sich unter mir wie eine

Schlange. Und dann öffnete sie ihre Lippen zu einem fürchterlichen Schrei. Es war der Todesschrei einer Möwe.

Ich erwachte. Wo bin ich? Was ist los? Schlaftrunken taumelte ich an Deck. Im kalten Morgenlicht am Mast sah ich sie, den blutigen Hammer in der rechten Faust. Mit kurzen, harten Schlägen trieb sie den Nagel durch die zuckende Möwe.

»Nein!« schrie ich. »Nein!« Ich warf mich auf sie, um das Entsetzliche zu verhindern. Und während ich stürzte und sie mit dem Hammer über mir sah, wußte ich mit einem Mal, daß alles ganz anders gewesen war.

Bettgeschichte

Sie lagen nackt und erschöpft nebeneinander auf dem Bett. Er zündete sich eine Zigarette an, und sie fragte: »Wie ist das, wenn man als Arzt mit einer Frau schläft? Wenn man jeden Nerv ihres Körpers mit lateinischem Namen kennt?«

»Woher weißt du, daß ich Arzt bin?«

»Ich weiß es.« Sie lächelte allwissend wie eine

Sphinx. »Und da Hausbesuche immer seltener werden und da ich das Glück habe, mein Bett mit einem Medizinmann zu teilen, so nutze ich die Gelegenheit: Ich brauche medizinischen Rat: Was hältst du von der Pille?«

Und bevor er Zeit fand zu antworten, fügte sie hinzu: »Würdest du sie deiner Tochter geben?«

»Ich habe keine Tochter.«

»Oder würdest du sie nehmen, wenn du eine Frau wärst?«

»Nicht über größere Zeiträume. Nimmst du die Pille?«

»Eigentlich hättest du diese Frage ruhig etwas früher stellen können, findest du nicht? Aber keine Angst, ich trage eine Spirale. Was hältst du von der Spirale?«

»Nicht jede Frau verträgt sie.«

»Und moralisch?«

»Wieso moralisch?«

»Ich bin kein Mediziner, aber wenn ich richtig informiert bin, so gibt es einen entscheidenden Unterschied zwischen der Pille und der Spirale. Die Pille unterbindet den Eisprung. Die Spirale hindert das befruchtete Ei, sich an der Gebärmutterwand festzusetzen. Richtig?«

»Fast richtig. Aber was soll das Ganze?«

»Die Pille verhindert eine Befruchtung. Bei

der Spirale wird bereits gezeugtes Leben abgetrieben.«

»Bereits gezeugtes Leben«, wiederholte er leicht amüsiert.

Sie richtete sich auf und fragte: »Wann wird eine befruchtete Eizelle zum Menschen? Nach der ersten Zellteilung oder nach der letzten? Nach Minuten oder nach Monaten?«

»Müssen wir jetzt darüber reden?« unterbrach er sie. Er streichelte ihre Brüste. »Ich spreche nicht gern über Schwangerschaft, wenn ich bei einer Frau liege. Das ist so, als wenn man sich bei einem Festessen über Verdauung unterhält.«

Er wollte sie küssen, aber sie war wie ein starrsinniges Kind, das erst Ruhe gibt, wenn es bekommen hat, was es will. Sie fragte: »Wann wird ein Mensch zum Menschen?«

»Niemand vermag das genau zu sagen. Die Pfarrer vertreten eine andere Meinung als die Juristen und die Juristen eine andere als die Mediziner, und auch die sind sich nicht einig. Aber eins steht fest: Eine befruchtete Eizelle ist selbst nach mehrtägiger Teilung noch kein Mensch.«

Sie lächelte, so als gefiele ihr die Antwort. Sie küßte ihn flüchtig und fragte: »Wie alt sind die befruchteten Eier in deinem Tiefkühllabor?«

Er betrachtete sie mit erstaunten Augen: »Was weißt du von meiner Arbeit?«

»Ich weiß, daß du deinen Patienten – oder Patientinnen – reife Eier entnimmst, sie in einer Retorte mit männlichem Samen vermischst und die befruchteten Eier dann wieder in eine Gebärmutter manipulierst, wo sie zu Retortenbabys heranreifen. Richtig?«

»Sag mal, warst du mal in meiner Praxis?«

Ohne auf seine Frage einzugehen fuhr sie fort: »Wie alt sind die künstlich besamten Eier, wenn sie wieder eingepflanzt werden?«

»Nur wenige Zellteilungen alt.«

»Sie sind also noch keine Menschen?«

»Sag mal, was interessiert dich das so? Willst du Medizin studieren oder Philosophie?«

»Liebst du mich?« fragte sie.

»Abgöttisch.«

Er griff nach ihr. Sie entwand sich seinen Armen: »Beweis es mir!«

»Was soll ich dir beweisen?«

»Beweis mir, daß du mich liebst.«

»Nichts täte ich lieber.« Er wollte sie küssen.

»Später«, bat sie. »Hör mich erst an. Gib mir eine Zigarette.« Sie legte sich auf den Rücken, und während er sie betrachtete, sprach sie: »Meine Eltern waren polnische Einwanderer.

Ich kann mich nicht an sie erinnern. Sie starben bei einem Verkehrsunfall, als ich zwei Jahre alt war. Man sagt, ich sei ein auffallend schönes Kind gewesen.«

»Das bist du noch heute«, unterbrach er sie.

»Auf jeden Fall war ich ein Glückskind. Das Waisenhaus blieb mir erspart. Ich wurde adoptiert. Der alte Castor besaß mehrere Supermärkte und war gewiß mehrfacher Millionär. Genau weiß ich es nicht, weil es mich nicht interessierte. Ich bekam ein Zuhause, wie man es allen kleinen Mädchen nur wünschen kann, ein Haus mit großem Garten, Dienstboten und liebevollen Pflegeeltern. Der alte Castor hatte zwar nie viel Zeit, aber Natascha, wie ich sie nannte, ersetzte mir nicht nur die Mutter, sie war auch meine beste Freundin. Sie war nur siebzehn Jahre älter als ich. Castor erfüllte ihr jeden Wunsch. Ihr Kummer war, daß sie keine Kinder bekam. Wie alle Väter wollte er einen leiblichen Sohn. Sie besuchten alle möglichen Kliniken in Europa und Amerika, sogar in Südafrika, aber nichts half. An meinem achtzehnten Geburtstag erzählte mir Natascha, daß sie einen Arzt gefunden hätten, der überzeugt sei, daß sie ein Kind bekommen könne. Man würde eine Retortenbesamung vornehmen, wobei gleich mehrere Eier befruchtet würden. Eins sollte eingepflanzt werden, die anderen würden in Tiefkühlaggregaten aufbewahrt werden. Man wollte auf sie zurückgreifen, falls der erste Eingriff nicht gelingen würde. So geschah es. Der zweite Versuch war bereits erfolgreich.«

»Ja, ich erinnere mich«, sagte er. »Es ist noch gar nicht so lange her. Grace Castor. Sie war eine auffallend schöne Frau, ein skandinavischer Typ, blond, schlank und langbeinig. Das Ganze verlief ohne Komplikationen. Anfangs kam sie regelmäßig. Aber dann blieb sie plötzlich weg. Was ist mit ihr?«

Er schaute sie fragend an. Sie hatte sich verändert. Aus dem kleinen süßen Mädchen war eine fremde Frau geworden. Ihr Mund war ein harter Strich unter verdüsterten Augen.

»Was ist geschehen?«

»Sie ist tot«, sagte sie. Es klang anklagend.

»Hatte sie eine Fehlgeburt?«

»Sie sind abgestürzt. Ein Flugzeugunglück. Nun habe ich meine Eltern zum zweitenmal verloren.«

»Es tut mir leid«, sagte er. Er heuchelte Anteilnahme, aber es klang erleichtert. Er war froh, daß er nichts mit dem Todesfall zu tun hatte. Er nahm sie in seine Arme und streichelte ihr Haar.

Sie sagte: »Ich hätte heute abend nicht zu Bettys Party gehen sollen, aber als Betty mir erzählte, du würdest auch kommen, da konnte ich nicht anders. Ich wollte wissen, wie der Mann ausschaut, der meine Natascha zur Mutter gemacht hat. Ich glaube, die letzten Tage ihres Lebens waren ihre glücklichsten.«

Er küßte sie. Sie schaute ihm tief in die Augen: »Ich habe eine Bitte, Lieber«, flüsterte sie, »eine große, kleine, dumme Bitte...«

»Alles, was du willst.«

Sie wischte sich eine Träne fort und sagte: »In deinem Labor befinden sich noch Nataschas befruchtete Eier. Leben sie noch?«

»O ja, sie halten sich jahrelang.«

»Gib sie mir! Ich weiß nicht, ob du mich verstehst, aber ich glaube, wir Frauen haben zu diesen Dingen ein anderes Verhältnis als ihr. Es ist keimendes Leben, ihr Leben. Es gehört ihr, es gehört in den Boden, in dem sie jetzt ruht. Bitte versuch mich zu verstehen.«

»Ich verstehe dich.«

Noch am gleichen Tag gab er ihr ein Reagenzglas. Es war vakuumversiegelt, gefroren und steckte in einem Block aus weißer Kunststoffmasse. Grace Castor stand darauf und das Datum der Besamung.

Frauen sind rätselhafte Geschöpfe, dachte er. Kein Mann, nicht einmal ein Frauenarzt, vermag sie zu begreifen.

Aber schon drei Tage später begriff er sie.

Beim Öffnen der Post fand er einen Brief von einem Bostoner Anwaltsbüro. Darin hieß es, ihr tödlich verunglückter Klient Antony Castor habe in seinem letzten Willen verfügt, daß – falls er kinderlos sterbe – die tiefgekühlten, befruchteten Eizellen seiner Gattin von einer Amme ausgetragen werden sollten. (Natürlich gegen ein fürstliches Entgelt.) Falls mehrere Söhne geboren würden, so sollte der Erstgeborene die Firma übernehmen. Das übrige Vermögen sollte entsprechend der Anzahl der eventuellen Nachkommen aufgeteilt werden...

»Jetzt ist sie Alleinerbin«, dachte er laut. »O, diese Schlange! Und ich habe diesem kleinen Kuckucksvogel dabei geholfen, die noch ungeborene Konkurrenz aus dem Nest zu werfen. Beihilfe zum Mord nennt man das ja wohl. Aber ist es überhaupt Mord? Habe ich ihr nicht selbst erklärt: Eine befruchtete Eizelle ist selbst nach mehrtägiger Teilung noch kein Mensch?«

Ob Mensch oder nicht Mensch, auf jeden Fall handelt es sich um die Erben eines Millionenvermögens, für die ich verantwortlich bin. Man wird mich zur Rechenschaft ziehen. Wie soll ich diesen Anwälten erklären, was geschehen ist. Sie hat mich hereingelegt.«

Er sah sie wieder vor sich, hörte ihre Stimme: »Es ist keimendes Leben, ihr Leben. Es gehört ihr, es gehört in den Boden, in dem sie jetzt ruht. Bitte, versuch mich zu verstehen.«

»Wie konnte ich nur auf einen so plumpen Trick hereinfallen? Wie konnte ich nur? O diese Schlange!«

Er stürzte zum Telefon: »Hallo, Liebling, ich muß dich unbedingt wiedersehen, noch heute Abend, bitte.«

Sie lagen nackt und erschöpft nebeneinander auf ihrem Bett. Er zündete sich eine Zigarette an: »Ich habe heute einen Brief bekommen, von einer Bostoner Anwaltspraxis.«

»Ich interessiere mich nicht für deine Geschäftspost.«

Er gab ihr den Brief: »Ich glaube, es handelt sich um deine Geschäfte.«

Sie hob erstaunt die schönen Brauen, betrachtete den Umschlag von beiden Seiten und begann zu lesen. Als sie fertig war, gab sie ihm den Brief zurück.

»Was soll ich ihnen antworten?« fragte er.

»Soll ich ihnen mitteilen, daß du die Erben bereits ... erledigt hast?«

»Niemand wird dir glauben. Warum sollte ich so etwas tun?«

»Um selber zu erben.«

»Warum sollte ich erben?«

»Auch Adoptivkinder erben. Das weißt du ganz genau.«

»Richtig, aber was soll man machen, wenn man kein Adoptivkind ist?«

»Aber Anthony Castor hat dich nach dem Tod deiner Eltern adoptiert.«

»Nein, meine Eltern leben noch.«

»Sag mal, bist du nun Castors Adoptivtochter, oder bist du es nicht?«

»Natürlich bin ich das nicht. Ich bin Antony Castor nur einmal in meinem Leben begegnet.«

»Und warum hast du dann seine Kinder, ich meine, seine Keime... warum hast du sie eliminiert? Hat dir jemand Geld dafür gegeben? Hat es sich wenigstens gelohnt?«

Sie richtete sich auf:

»Sag mal, spinnst du? Sehe ich aus wie ein bezahlter Killer?«

Er sah sie mit großen Augen an. Er verstand die Welt nicht mehr. »Aber warum?« stammelte er. »Warum hast du es dann getan? Was wolltest du mit den befruchteten Eiern? Warum hast du mich belogen?«

Sie küßte ihn flüchtig auf die Nasenspitze: »Das Märchen mit der kleinen Adoptivtochter mußte ich erfinden, um an sie ranzukommen. Verzeih mir. Es war eine Notlüge, denn wenn ich dir die Wahrheit gesagt hätte, so hättest du mir nicht gegeben, was ich wollte. Ist es nicht so?«

»Das ist richtig. Aber warum wolltest du sie?«

»Du bist der größte Dummkopf, der mir je begegnet ist«, lachte sie. »Begreifst du es immer noch nicht? Sie sind Millionen wert. Ich habe mir das erste Ei bereits einsetzen lassen. Die meisten Menschen spekulieren auf die Millionen ihrer Eltern. Ich bin die erste arme Mutter, die aus der Erbschaft ihrer Kinder profitieren wird. Mutter eines Multimillionärs ist nicht minder angenehm als Tochter eines Multimillionärs. Du wirst diesen Anwälten hier schreiben, daß du eine Amme gefunden hast, die allen Ansprüchen genügt. Was kannst du ihnen nach allem, was geschehen ist, auch anderes mitteilen? Und schließlich ist es ja auch für dich nicht von Nachteil, Hausarzt eines kleinen Millionärs zu werden.«

Er betrachtete sie, als habe er immer noch nicht begriffen: »Aber wie hast du das mit Castor erfahren?«

»Sein Tod stand in der Zeitung.«

»Ich meine, woher hast du gewußt, was in diesem Testament stand?«

»Er hat es mir selbst erzählt, der gute alte Antony, in einer Nacht nach einer Party bei Betty. Du glaubst ja gar nicht, was mir Männer im Bett alles anvertrauen. Na, du weißt es ja selbst am besten.«

Abraham und die Affen

Was die Gänse für Konrad Lorenz, das waren die Affen für Albert Abraham. Begonnen hatte er vor vielen Jahren mit den bekannten Stapelexperimenten.

Man befestigt eine Banane an der Käfigdecke und stellt dem hungrigen Versuchstier ein paar Kisten unterschiedlicher Größe zur Verfügung.

Alle höherentwickelten Affen sind in der Lage, die Kisten unter der Frucht so aufzustapeln, daß immer eine kleinere auf eine größere zu stehen kommt. Sie erklettern die selbstgebaute Pyramide und holen sich die Frucht.

Die meisten Verhaltensforscher sehen in diesem Vorgehen den Beweis, daß die Primaten allen anderen Tieren geistig weit überlegen sind, denn kein Hund oder Pferd ist in der Lage, so folgerichtig und gezielt logisch zu handeln.

Abraham hatte als einer der ersten dieses Vorurteil entkräftet. Es handelt sich bei dem Stapelexperiment weniger um eine überdurchschnittliche Verstandesleistung als vielmehr um eine Handlung, die vom Besitz greiffähiger Hände abhängt. Von einem Pferd oder einem Fisch könnte man auch dann kein Aufeinandertürmen der Kästen erwarten, wenn beide intelligent genug wären, den Weg zur Erreichung des Zieles klar zu erkennen. Unterwirft man andere Säugetierarten Intelligenztests, die sie technisch zu bewältigen vermögen, so vollbringen auch sie erstaunliche Leistungen. Wenn man Füchsen und Mardern Fleischstücke außer Reichweite vor die Käfige legt, wobei das Fleisch wie Angelköder an greifbaren Leinen hängt, so zieht das Tier ohne zu zögern die Nahrung zu sich heran, und zwar auch dann, wenn die Zielfäden von anderen, unbeköderten gekreuzt werden, um das ganze System so unübersichtlich wie möglich zu machen. Die Füchse ziehen die richtigen Leinen.

Kein Schimpanse könnte wie der Hund eine Schafherde hüten, weil ihm die für dieses Geschäft notwendige Intelligenz fehlt. Affen sind nicht schlauer als Hunde. Das alles hatte Abraham im Laufe seines arbeitsreichen Lebens klar erkannt. Wo aber lagen die klar definierbaren Grenzen, die die Menschenaffen von allen übrigen Säugetieren und den Menschen unterschieden?

Die meisten Menschen fühlen sich mit den Primaten verwandter als mit anderen Säugetieren, weil die großen Affen uns anatomisch so ähnlich sehen. Gibt es etwas »Menschlicheres« als eine Affenmutter, die ihr Kind in den Armen wiegt?

Abraham wußte es besser. Ein typisches Beispiel war die Schimpansin Aischa. Nach einer Totgeburt im Vorjahr hatte sie endlich ein lebendiges Junges zur Welt gebracht. Sie liebte ihr Kind abgöttisch und hätschelte es regelrecht zu Tode. Aber selbst dann wollte sie sich nicht von ihm trennen und ließ niemand in ihre Nähe. Die Kinderleiche wurde von der Mutter so lange umhergeschleppt, bis sie die Gestalt eines stinkenden Fensterleders angenommen hatte. War dieser fehlgesteuerte Instinkt Mutterliebe, oder war es Schwachsinn? Abraham wußte, daß die äffische Mutterliebe hormonell gesteuert wurde. Spritzt man einer Rhesusäffin das Hormon der Hirnanhangvorderlappen in den Blutkreislauf, so wird bei dem Tier der Mutterinstinkt ausgelöst, auch wenn das Tier noch nie Junge gehabt hat.

Wie es wirklich mit der »Menschlichkeit« der Affen bestellt ist, erkennt man, wenn es sich nicht um hormonal gesteuerte Mutter- oder Gattenliebe handelt, sondern um freie »zwischenmenschliche« Beziehungen mit anderen Geschöpfen und Artgenossen.

Wenn die Affen ihr Brot fressen, laufen bisweilen Hühner vor den Käfigen hin und her, um die herausfallenden Krümel aufzupicken. Die Schimpansen finden das interessant. Sie locken die hungrigen Hühner mit einem Brocken Brot herbei. Nähert sich ein Huhn, so wird der Köder mit einem Ruck zurückgezogen, oder die Hühner werden durch einen plötzlichen Tritt gegen das Gitter verscheucht. Die Affen amüsieren sich über die gackernde Panik. Wenn es ihnen gelingt, ein Huhn am Schwanz zu ergreifen, so rupfen sie es bei lebendigem Leibe und quälen es mitleidlos zu Tode.

Mit Erstaunen stellte Abraham immer wieder fest, daß diesen klugen und sonst so zugänglichen Tieren jegliches Gefühl für Mitleid fehlte. Das äußerte sich am erschütterndsten ihren eigenen kranken Artgenossen gegenüber. Selbst die wenigen Brocken, die ein von Krankheit geschwächter Affe zu ergattern vermag, werden dem armen Teufel wieder aus der Backentasche geholt. Das kraftlos zusammengebrochene Tier wird gebissen, an den Haaren gerissen oder an den Ohren gezerrt. Es wird auf ihm herumgetrampelt und -gesprungen. Der Anblick ist um so erschütternder, als der kranke Affe mit fortschreitendem Verfall immer sanftmütiger und menschenähnlicher wird. Abraham erkannte, daß das menschliche Mitleid eine anerzogene Tugend ist, die es in der freien Natur nicht gibt. Überhaupt hatten selbst die sogenannten Experten völlig falsche Vorstellungen von der Psyche der Tiere.

Als Abraham einmal mit dem Tierarzt das Affenhaus betrat, machte die Schimpansin Suhanda ihrem Herrn nach Schimpansenart ein sexuelles Angebot, indem sie von ihrer Schlafkiste her Abraham das Gesäß entgegenstreckte und dabei den Kopf an den Boden drückte. Suhanda hatte sich ein paar Tage vorher am Gesäß verletzt.

Der Tierarzt glaubte allen Ernstes, die Schimpansin wolle ihm die eiternde Wunde präsentieren, und war entzückt über die Intelligenz des Tieres: »Wie menschlich!«

Professor Abraham wußte es besser. Wenn sich Schimpansen überhaupt mit Menschen vergleichen lassen, dann bestenfalls mit schwachsinnigen. Ihr Erinnerungsvermögen ist katastrophal, wie es die folgenden Versuche beweisen.

In die vier Ecken eines Käfigs werden gleich große Kisten von verschiedener Farbe gestellt. In der Mitte wird ein Schimpanse mit Hilfe einer im Boden verankerten Fußfessel angepflockt. Unter den beobachtenden Blicken des Affen wird in eine Kiste eine Banane gelegt. Nachdem dies geschehen ist, wird der Affe befreit und aus dem Käfig entfernt. Die Kisten werden vertauscht, und das Tier wird nach zwei Minuten in den Käfig zurückgebracht. Alle Affen wählen ohne zu zögern die richtige Kiste mit der Banane. Nun wird die Wartezeit außerhalb des Käfigs stufenweise bis auf eine Stunde verlängert. Auch dann wird noch die richtige Kiste bisweilen erkannt, aber die Fehlerquote nimmt immer mehr zu, bis nach einer weiteren Stunde die absolute Höchstgrenze des Erinnerungsvermögens erreicht wird. Bei längeren Wartezeiten laufen die Affen immer in die Ecke, wo die Kiste mit der Banane stand, oder sie haben den ganzen Vorgang überhaupt vergessen und betteln um eine Banane. Eine Ausnahme bildet ihr Personengedächtnis, das auch noch nach Jahren sich wieder zu erinnern vermag. Allerdings besitzen sie nicht die Fähigkeit, sich Personen »ins Gedächtnis zurückzurufen«. Sie erkennen einen Bekannten wieder, wenn er ihnen gegenübersteht, aber sie kennen keine Sehnsucht nach ihm. Das Seelenleben der Affen ist ausschließlich auf den Augenblick ausgerichtet.

Nach dem Ausscheiden aus der akademischen Lehrtätigkeit lebte Abraham nur noch seinem privaten Forschungsdrang. Das abseits gelegene ländliche Anwesen aus väterlicher Erbschaft teilte er mit einem halben Dutzend Schimpansen, einem Orang-Utan-Paar, einem jungen Gorilla und einer Vielzahl von Affen und Halbaffen aus der Alten und der Neuen Welt.

In dieser äffischen Arche Noah lebte der Privatgelehrte wie ein Eremit. Nur zum Wochenende fuhr er in die nächstgelegene Kleinstadt, erledigte Einkäufe und nahm seine Post in Empfang. Bis auf den Tierarzt gab es keine Besuche. Die Affen bewohnten die untere Etage, die nach dem neuesten Stand zoologischer Erkenntnisse in ein Affenhaus umgebaut worden war, das mit jedem Großstadtzoo durchaus konkurrieren konnte. Wände und Böden waren hellgrün gekachelt. Die verchromten Kletterstangen blitzten vor Sauberkeit. Es gab eine spezielle Diätküche und ein Laboratorium. Abraham bewohnte den ersten Stock des ehemaligen Bauernhauses. Um seinen geliebten Forschungsobjekten auch bei Nacht so nahe wie möglich zu sein, führte eine Wendeltreppe direkt von seinem Schlafzimmer hinab zu den Käfigen.

Seit einem Vierteljahr arbeitete Abraham nun schon an einer ungeheuer interessanten Versuchsreihe mit »Belohnungsanzeigern«. Er hatte den Schimpansen Spielmarken aus Metall gegeben, kupferne, silberne und goldene. Die Affen hatten eine Weile damit gespielt und sie dann gelangweilt beiseite gelegt. Nun war aber im Käfig ein Automat aufgestellt worden, in den Professor Abraham vor den Augen der Affen die Spielmarken hineinsteckte. Jeder Einwurf förderte Rosinen und Haselnüsse zutage. Dieses Studentenfutter bekamen die Schimpansen. Nach vierundvierzig Vorführungen schien es einer jungen Schimpansin zu dämmern. Sie sammelte alle Münzen ein und hockte sich vor den Automaten.

Sie hatte offenbar den Zusammenhang zwischen dem Münzeinwurf und der Futterentnahme erkannt. Aber es mußte ihr noch zweihundertundzwölfmal gezeigt werden, bevor sie selbständig eine Spielmarke an der richtigen Stelle in den Automaten steckte.

Nun lernten es auch die anderen Affen innerhalb kürzester Zeit. Abraham stellte jetzt den Automaten so ein, daß die goldenen Spielmarken große Futterportionen ans Tageslicht förderten, die silbernen kleinere Portionen und die kupfernen gar nichts. Den unterschiedlichen Wert der Marken erlernten die Affen innerhalb eines Tages. Schon bald schenkten sie den Kupfermünzen keine Beachtung mehr. Abraham sagte sich: ›Was ist Geld anderes als ein greifbarer Wertausgleich zwischen Leistung und Gegenleistung. Wenn ich die Schimpansen dazu bringe, für die Münzen zu arbeiten, so habe ich in meinem Affenhaus das kapitalistische Gesellschaftssystem eingeführt.‹

Er richtete die Tiere dazu ab, zehn Kilogramm schwere Hebel hochzustemmen. Wenn sie sich anstrengten und den Hebel bis zum Anschlag hochwuchteten, so öffnete sich in der Maschine eine Klappe mit einer saftigen Frucht. Das Stemmen der schweren Hebel war die Leistung oder die Arbeit; die Frucht war die Gegenleistung oder der Lohn. Erschien nun nach einer Weile der Gewöhnung beim Hochstemmen des Hebels eine goldene Spielmarke, mit der sich die Arbeiter Futter aus dem Automaten holen konnten, so machten sie ihr schwerverdientes Geld sofort zu Rosinen, fraßen sie auf und schafften weiter, bis sie nicht mehr konnten. Erhielten sie mehr als zweimal hintereinander für ihre erbrachte Leistung eine wertlose Kupfermünze, so legten sie die Arbeit nieder, sie streikten. Die Spielmarken waren zu Geld geworden, das man verdiente und für das man sich etwas kaufen konnte. Beim bloßen Anblick der Münzen begannen die Affen zu schmatzen. Das Geld war bereits mit einer genußreichen Verheißung gekoppelt. Viel Geld, das hieß viel Futter und viel Freude.

Nach einer Weile stellte er den Futterautomaten in den Nachbarkäfig, so daß die Schimpansen ihn zwar sehen, aber nicht zu ihm gelangen konnten. Ein jeder erarbeitete sich wie gewohnt eine Münze und starrte dann ratlos hinüber zu dem entführten Automaten.

Was nun? Erst nach einer Stunde wurde die Verbindungstür zum Nachbarkäfig automatisch geöffnet. Die Affen kauften sich hoch erfreut ihr Futter und eilten zurück an ihren Arbeitsplatz.

Als sie neuerlich mit einer verdienten Münze zurückkehrten, war die Tür wieder verschlossen. Von nun ab öffnete sich die Gittertür regelmäßig jede Stunde, blieb aber nur drei Minuten geöffnet.

Da die Tiere keine andere Nahrung bekamen, wurden sie immer hungriger, denn mit ein paar Rosinen in der Stunde kamen sie nicht aus. Es dauerte mehrere Tage, bis ein alter Schimpanse auf die Idee kam – vielleicht war es auch Zufall –, sich gleich mehrere Münzen zu erarbeiten und sich dann während der kurzen Öffnungszeit des Futterautomaten richtig sattzufressen.

Das Beispiel machte Schule, und bald arbeiteten alle Affen auf Vorrat, das heißt, sie schufen sich Kapital. Das Ersparte verwahrten sie in ihren Backentaschen hinter fletschenden Zähnen. Überhaupt hatte das Geld die Tiere völlig verändert. Wenn Abraham früher das Affenhaus betreten hatte, so lagen die Schimpansen gelangweilt herum, spielten miteinander, dösten vor sich hin oder lausten sich gegenseitig. Sie lebten in einem paradiesischen Urzustand. Das alles hatte sich mit einem Schlag geändert. Wenn Abraham jetzt hinunterstieg zu seinen Freunden, so arbeiteten sie mit verbissenen Gesichtern an ihren Hebelmaschinen, nicht in Gruppen, sondern ein jeder für sich an seinem Arbeitsplatz, ängstlich darauf bedacht, daß ihm die Konkurrenz nicht zu nahe kam. Später standen sie müde und hungrig an der Tür zum Nachbarkäfig. Die Öffnungsintervalle waren inzwischen so angehoben worden, daß die Affen noch zweimal täglich Zugang zum Futterautomaten hatten. Ganz vorn in der Warteschlange hockte Bobo. Mit einigem Abstand folgten die anderen. Hinten als letzte wartete die kleine Suhanda. Sie war die einzige, die nicht regelmäßig arbeitete. Faulenzen bedeutete ihr mehr als Fressen.

Abends lagen die armen Affen abgearbeitet auf ihren Schlafplätzen. Wahrscheinlich träumten sie von Bergen von goldenen Münzen. Abraham war inzwischen dazu übergegangen, ihnen gelegentlich besonders begehrte Leckerbissen wie Ameiseneier oder frisches Kokosnußfleisch gegen Bezahlung anzubieten. Daß die Affen das kapitalistische System endgültig begriffen hatten, wußte Abraham spätestens, als er beobachtete, wie Suhanda einem jungen Schimpansen ein sexuelles Angebot machte und dafür bezahlt werden wollte.

Abraham würde nie den Morgen vergessen, an dem die Affen zum erstenmal ihr Vertrauen in die Währung verloren. Ein schauerlicher Schrei gellte durch das Affenhaus. Abraham stürzte die Stufen hinab. Im Affenhaus war die Hölle los. Die Schimpansen tobten. Mit böse blitzenden Augen umsprangen sie den Automaten, schlugen auf ihn ein, fauchten und schrien, wie Abraham es noch niemals erlebt hatte. Sie schäumten vor Wut. Was war geschehen? Der Automat hatte die Münzen angenommen, aber kein Futter ausgeworfen. Abraham hatte vergessen, den Apparat nachzufüllen. Jetzt fielen anstatt Rosinen und Nüssen die eingeworfenen Münzen wieder heraus. Sie wurden wieder eingeworfen und wieder und wieder, aber sie verwandelten sich nicht mehr in Futter. Bisher hatten die behaarten Schwerarbeiter immer Rosinen für ihren Verdienst erhalten. Geld und Rosinen waren identisch. Mit einem Mal war das Wunder der Verwandlung erloschen. Warum war das wertvolle Geld plötzlich wertlos? Eine berechtigte Frage, die selbst Menschen im Angesicht einer Weltwirtschaftskrise nicht zu fassen vermögen! Obwohl Abraham den Apparat sofort auffüllte, waren die Tiere noch am Abend so außer sich, daß sie in dieser Nacht keinen Schlaf fanden.

Am anderen Morgen beschloß Abraham, den Versuch abzubrechen. Er entfernte die Hebelmaschinen und den Futterautomaten und stellte so wie früher die Früchte einfach in den Käfig. Die Affen rührten nichts an. Sie hockten dort, wo ihre Maschinen gestanden hatten. Sie benahmen sich wie ehrgeizige Arbeitslose oder erfolgshungrige Aufsteiger, die man zu früh in Pension geschickt hatte.

Als sie auch noch am dritten Tag ihr Futter verweigerten, beschloß Abraham, sie allmählich und schrittweise von ihrer Arbeitssucht zu entwöhnen. Die ausgesperrten Arbeitnehmer begrüßten ihre geliebten Maschinen mit einem wahren Freudengeheul. Abraham aber dachte bei sich: ›Der Weg vom Garten Eden zum Arbeiterparadies ist halt eine Einbahnstraße. Nicht der Apfel, sondern die Arbeit hat den Sündenfall verursacht. Wenn ich es noch nicht gewußt hätte, so wüßte ich es jetzt, daß wir Menschen und die Affen einer Abstammung sind.‹ Und damit machte auch er sich wieder an seine Arbeit im Labor.

Als er am nächsten Tag den Schimpansenkäfig betrat, brandete ihm die Feindschaft der Schimpansen wie eine Meereswoge entgegen. Das äffische Arbeiterproletariat hatte nicht vergessen, welche Gefahr Abraham für ihre Arbeitsplätze bedeutete. Er verkaufte ihnen frische Ameiseneier und kassierte, so wie es das Gesetz der freien

Marktwirtschaft verlangte. Die Affen zahlten zögernd. Der soziale Frieden war gestört.

Kurz bevor er den Ausgang des Käfigs erreicht hatte, traf ihn Bobos Faustschlag ins Genick. Abraham verlor das Bewußtsein, bevor er wahrnahm, was mit ihm geschah. Als er erwachte, lag er in der Mitte des Käfigs. Die Affen arbeiteten an ihren Maschinen. Er wollte sich erheben. Bobo entblößte warnend sein gelbes Gebiß.

»Komm, Bobo«, beschwor ihn Abraham. »Komm, sei ein braver Junge.« Seine Rechte tastete sich hinab zur Hosentasche, um den Schimpansen mit ein paar Münzen zu bestechen. Die Tasche war leer.

›So ist das also‹, dachte Abraham, ›ein Raubüberfall.‹

Zwei Schritte hinter ihm befand sich die Käfigtür nach draußen. Vorsichtig versuchte er die Füße anzuziehen. Es ging nicht. Sein Blick glitt hinab. Der linke Fuß steckte in der stählernen Fußfessel, die er den Schimpansen beim Kistentest anzulegen pflegte. Es war ein Schnappschloß, das sich nur durch einen elektrischen Knopf aus seinem Labor öffnen ließ. Abraham spürte, wie ihm der Angstschweiß aus allen Poren drang. Hilflos wie ein Versuchstier war er ihnen ausgeliefert. Sie hatten verdammt schnell gelernt, diese haarigen Teufel. Er war ihr Gefangener. Mit Entsetzen fiel ihm ein, wie es den gefangenen Hühnern ergangen war. Nun gut, er war kein Huhn, aber pflegten sie nicht selbst ihre eigenen geschwächten Artgenossen zu Tode zu quälen? Er wußte, was geschehen würde, wenn er in ein paar Tagen vor Hunger und Durst halb verrückt in dieser verdammten Fußangel hängen würde.

Vielleicht könnte er ihnen etwas Futter und Wasser abbetteln.

»Komm, Suhanda, komm her«, lockte er mit schmeichelnder Stimme. Sie kam. Aber als sie ihm ihr feuerrotes Hinterteil fordernd entgegenstreckte, wußte er, daß ihm nichts erspart bleiben würde.

Der Mann, der Mozart haßte

Als Mr. Marble die Haustür seines dreigeschossigen Mietheimes aufschloß, hörte er wie immer Ella bereits unten im Treppenhaus. Sie spielte ihr Lieblingsmenuett von Mozart. Mr. Marble hatte es gewiß schon -zigtausendmal gehört. Sie waren seit dreißig Jahren miteinander verheiratet, und Ella spielte es täglich.

Er blieb ein paar Atemzüge im Treppenhaus stehen, so als koste es ihn Überwindung, die Treppe emporzusteigen. Doch dann gab er sich einen Ruck und stieg hinauf zur Hölle.

Ella saß hinter dem Spinett, das sie mit in die Ehe gebracht hatte. Sie starrte verzückt auf die abgegriffene Elfenbeintastatur, über die ihre fetten Finger wie akrobatische Würste dahinhoppelten. Mr. Marble sah das alles, bevor er das Wohnzimmer betrat. Er hatte das dreißig Jahre lang gesehen und, was schlimmer war: gehört. Dreißig Jahre Mozart! Welche Tortur! Selbst Mozart hatte seine Musik nicht so lange zu ertragen vermocht. Soviel Mr. Marble wußte, hatte Mozart im zarten Alter von fünf Jahren als Wunderkind begonnen und war im besten Mannesalter gestorben, um unsterblich zu werden. Mr. Marble haßte Mozart.

An allen Wänden seiner Wohnung hingen Mozartbilder. Mozart auf der Reise nach Prag. Mozart vor Maria Theresia, neben seinem Vater über seinem Spinett, Mozart als Kind, Genie und Leiche. Sogar über ihrem Doppelbett grinste dieser Österreicher mit gepuderter Perücke und Doppelkinn. Überall lagen seine Schallplatten herum, von den Noten und Büchern ganz zu schweigen. Den Knöchel hatte Marble sich gebrochen, weil er über die blöde Bronzeplastik des göttlichen Amadeus gestolpert war. Acht Wochen lang hatte er mit einem Gipsbein auf dem Sofa gesessen, und Ella hatte Mozart gespielt, den ganzen Tag.

Damals war ihm zum erstenmal der Gedanke gekommen, sie umzubringen, wirklich umzubringen. Gespielt hatte er mit dem Gedanken schon kurz nach ihrer unglückseligen Vermählung. In keiner Wohnung hatten sie länger als ein Jahr gewohnt. Dann nahm der Streit mit den anderen Mietern meist solche Formen an, daß sie gehen mußten. Auch hier würde es nicht mehr lange dauern. Der nette junge Mann von nebenan grüßte schon nicht mehr, und das Ehepaar rechts klopfte regelmäßig gegen die Wand, weil ihre Kleinen bei Mozarts ›Kleiner Nachtmusik‹ keinen Schlaf fanden. In der letzten Wohnung war einem Nachbarn sogar der Dackel weggelaufen, weil seine gemarterten Schlappohren Mozart nicht mehr zu ertragen vermochten.

Mr. Marble goß sich in der Küche ein Glas kalte Milch ein und ging hinüber ins Wohnzimmer. Ella nahm von seinem Kommen keine Notiz. Sie spielte mit der Inbrunst einer brütenden Kröte. Wer war er schon neben Don Giovanni? Er setzte sich in den Lehnstuhl am Fenster und schaute hinab auf die Straße, auf der ein paar Kinder mit einem kleinen schwarzen Hund spielten. Vielleicht hätten wir Kinder haben sollen, dachte er. Aber dann fiel ihm ein, daß sie alle Mozart spielen würden, einhändig, zweihändig, vierhändig am Klavier, auf Querflöten, auf Bratschen und Trompeten. Die Buben würden Amadeus heißen, und die Mädchen müßten Mozartlocken tragen.

»Noch zwei Tage«, sagte er. Dann ging er hinüber in sein Arbeitszimmer, schloß den Schreibtisch auf und holte eine kleine Zigarrenkiste hervor. Er legte sein Ohr an den Deckel und lauschte. Als er das Krabbeln vernahm, huschte ein Lächeln über sein Gesicht. »Noch zwei Tage.«

Was hatte er sich nicht alles einfallen lassen, um seine Ruhe zu finden. Er war, obwohl er alles Clubleben verabscheute, einem Herrenclub beigetreten, nur um irgendwo eine Oase der Stille zu finden. Er hatte seine Wochenenden mit Angeln vertrödelt, obwohl er viel lieber in seiner umfangreichen Bibliothek gelesen hätte. Er hatte sich sogar überlegt, einfach auf und davon zu gehen. Aber Mr. Marble, seit fünfundzwanzig Jahren Prokurist der Import-Export-Firma Orsmond & Levin, war nicht der Typ eines abenteuerlichen Aussteigers. Dafür liebte er seine Bücher viel zu sehr. Außerdem war er von militärischem Pflichtbewußtsein durchdrungen. Fahnenflucht kam nicht in Frage. In seinem Alter würde er auch nie wieder eine Position wie bei Orsmond & Levin erreichen. Auf eine Scheidung würde Ella sich nicht einlassen. Und welches Gericht würde Mozart als Scheidungsgrund anerkennen?

Sogar die Brille hatte er ihr versteckt in der Hoffnung, sie würde bis zur Wiederbeschaffung einer neuen keine Noten lesen können. Aber sie hatte auch ohne Brille gespielt, aus dem Gedächtnis, und das war noch unerträglicher gewesen. Am liebsten hätte er das Spinett zerhackt, aber dann hätte sie ein neues gekauft, ein besseres, größeres, lauteres. Über seinem Familienleben standen die Worte Dantes am Eingang zur Hölle: ›Weh dir, laß alle Hoffnung fahren!‹ Seit dreißig Jahren fand er sie beim Betreten der jeweiligen Wohnung hinter dem Spinett mit Mozart, seit dreißig Jahren! Bis auf das eine Mal. Es war jetzt ein halbes Jahr her. Er war nach Hause gekommen und hatte schon auf der Straße gespürt, daß etwas Ungeheuerliches geschehen war. Er betrat das Treppenhaus. Totenstille empfing ihn. Seine Wohnung war ohne Musik.

›Sie ist tot!‹ hatte es in ihm gejubelt. ›Sie ist tot!‹ Als er noch mit Hut und Mantel ins Wohnzimmer stürzte, kauerte sie mit angezogenen Beinen in seinem Lehnstuhl. Was ist los? Ängstlich deutete sie zu ihrem Spinett hinüber, so als lauerte dort eine ausgehungerte Wölfin. »Eine Spinne«, stammelte sie, »eine riesige Spinne.«

Obwohl die kleine, langbeinige Wohltäterin längst davongelaufen war, blieb Ella den ganzen Abend dem Spinett fern. Sie fieberte und ging früh zu Bett.

In der schöpferischen Stille dieses Abends hatte er seinen Plan gefaßt. Sie selbst hatte ihn darauf gebracht. In einer zoologischen Handlung im Westen Londons fand er, wonach er suchte: sechs südamerikanische Spinnen. Es waren die größten und ekelhaftesten Spinnentiere, die er je in seinem Leben gesehen hatte. Dicht behaart, huschten sie auf langen Beinen in ihrem Käfig umher. Natürlich waren sie nicht giftig.

Mr. Marble besuchte dann noch eine kleine Schreinerei am Ende ihrer Straße. Die Aktion Spinnen contra Spinett hatte begonnen.

Als er ein paar Abende später nach Hause kam, trug er in einem Paket aus braunem Packpapier zwei Bretter und acht Vierkantleisten, die er nach seinen Angaben hatte zuschneiden lassen. Er war außerordentlich guter Laune, als er sich in seinem Arbeitszimmer einschloß, um aus den acht Leisten einen Würfel zu basteln, einen Fuß lang, einen Fuß hoch und einen Fuß breit. Er bespannte alle Seiten mit feinem Maschendraht und ließ nur die untere Seite des Würfels offen. Dort befestigte er die beiden Bretter mit Scharnieren und so beweglich, daß man sie auf- und zuklappen konnte. Geschlossen ließen sie eine kreisrunde Öffnung frei, etwa so groß wie Ellas Hals. Er saß im Lehnstuhl am Fenster und hörte ihr zu. Es war das erste Mal, daß er es genoß, denn es war das letzte Mal.

Er verließ den Raum, und als er zurückkam, trug er den Käfig unter seinem linken Arm. In der Rechten hielt er die Zigarrenkiste mit den Luftlöchern im Deckel. Er stellte sich hinter Ella, die ihn wie immer nicht beachtete. Er nahm die spielenden Hände von den Tasten, legte sie hinter ihren Rücken und fesselte sie mit seinem Hosengürtel. Das alles ging so schnell vor sich, daß es bereits geschehen war, bevor Ella es recht bemerkte. Es war das erste Mal, daß es jemand gewagt hatte, sie in ihrem Spiel zu stören. Ihr hoffnungslos erstauntes Gesicht war eine einzige Frage. Verständnislos sah sie zu, wie Mr. Marble etwas in den Käfig fallen ließ. Dann bekam sie diesen über den Kopf gestülpt. Die beiden unteren Bretter klappten zu. Ein Messingriegel hielt sie zusammen. Marble griff nach der Leselampe und stellte sie über dem Käfig in das Bücherregal, so daß ihr Lichtschein voll auf den Käfig fiel. Wie ein Fechthelm umschloß er ihren Kopf. Ein paar Herzschläge herrschte Totenstille. Dann schrie Ella, wie er noch niemals einen Menschen hatte schreien hören. Marble ging zum Plattenspieler und legte Mozarts ›Zauberflöte‹ auf, die gesamte Oper, vier Langspielplattenseiten.

Die Spinnen, die mehrere Tage in der engen, dunklen Kiste verbracht hatten, erwachten in dem hellen Licht der Leselampe zu elektrisierendem Leben. Kreuz und quer krabbelten sie über Ellas Gesicht, über ihre von panischem Entsetzen geweiteten Augen, über ihre schreienden Lippen und durch ihr spärliches Haar. Je mehr sie raste, um so lebendiger wurden die Spinnen. Sie schrie mit der Königin der Nacht um die Wette. Die Augen waren aus den Höhlen hervorgetreten, so als vermöchten sie das Grauen, das auf langen Spinnenbeinen in riesiger Größe auf ihrem Gesicht herumspukte, nicht zu fassen. Der Schweiß lief ihr in Strömen den Hals hinab. Ihre Schlagadern waren noch dicker als ihre

Krampfadern. Schließlich verlor sie die Besinnung.

Behutsam nahm Mr. Marble den Käfig vom Kopf seiner Gattin. Die Spinnen verschloß er in der Zigarrenkiste. Er band sie los und trug sie ins Schlafzimmer. Ihre Augen waren geöffnet wie bei einem totgeschossenen Kaninchen. Ihr Herz raste.

Nach zwei Tagen hatte sie sich so weit erholt, daß er mit der Behandlung fortfahren konnte. Diesmal legte er ›Eine kleine Nachtmusik‹ auf. Die Wirkung war noch heftiger als beim ersten Mal. Schon beim Anblick des Käfigs gebärdete Ella sich so rasend, daß er alle Kraft und Geschicklichkeit aufbringen mußte, ihn ihr über den Kopf zu stülpen.

Danach lag sie eine ganze Woche in totenähnlicher Starre. Es herrschte eine himmlische Ruhe in der Wohnung. Mr. Marble blieb jeden Abend daheim und brachte seiner fiebernden Frau heißen Lindenblütentee ans Bett. Die Spinnen fütterte er mit Fliegen, die er am Küchenfenster fing.

Es folgten ›Die Hochzeit des Figaro‹, ›Così fan tutte‹ und das Requiem. Mr. Marble handelte wie ein guter Arzt, der weiß, daß es vor allem auf die richtige Dosierung ankommt. Die Therapie stammte nicht von ihm. Er hatte in einem Buch davon gelesen: »Ein Lichtstrahl«, so hieß es dort, »bewirkt, daß sich die Pupille des Auges automatisch zusammenzieht. Läßt man nun wiederholt einen Lichtstrahl auf das Auge fallen und schlägt dabei gleichzeitig einen Gong, so verursacht nach kurzer Zeit schon der Gongschlag allein das Zusammenziehen der Pupille, ohne daß Licht vorhanden zu sein braucht.«

Schon nach der vierten Behandlung beobachtete er, daß Ella von panischem Entsetzen geschüttelt wurde, wenn er nur eine Mozartplatte auflegte. Trotzdem verwandte er zur therapeutischen Unterstützung noch den Spinnenkäfig. Nach einem weiteren Monat hatte er Ella so weit, daß er die Spinnen nicht mehr brauchte. Mozart allein tat seine Wirkung.

Wenn er jetzt abends nach Hause kam, saß sie am Fenster und schaute auf die Straße. Manchmal sprach sie auch mit sich selbst oder spielte mit den Puppen, die er ihr vom Dachspeicher heruntergeholt hatte. Wenn er ihr saure Bonbons mitbrachte, klatschte sie vor Freude in die Hände. In dieser Zeit führten sie eine gute Ehe, Mr. Marble und seine schwachsinnige Gattin. Abends las er in seinen Büchern, und sie häkelte Topflappen. Als er an einem düsteren Winterabend aus dem Büro nach Hause kam, fand er die Wohnung leer.

»Aber ich wollte doch nur«, schluchzte die Nachbarin, »ich wollte ihr doch nur eine Freude machen.«

Zwischen ihren Schniefern erfuhr er, daß sie Ella zu einer Tasse Tee eingeladen hatte. Sie hätte eine Schallplatte aufgelegt. »Ich glaube, es war Mozart.«

Ella hatte so gerast, daß die alte Dame sich nicht anders zu helfen wußte, als einen befreundeten Nervenarzt zu Hilfe zu rufen. »Sie haben sie in eine Nervenheilanstalt gebracht. Es war schrecklich!«

»Es besteht kein Grund zu ernsthafter Besorgnis«, sagte Professor Armstrong, der Leiter der Anstalt. »Ihre Gattin ist organisch völlig in Ordnung, ein bißchen mit den Nerven herunter. Aber das werden wir in den Griff bekommen. Ein paar Wochen, und sie ist völlig die alte, so wie sie früher war.«

»So wie sie früher war...«, stammelte Mr. Marble.

»Ist Ihnen nicht gut?« fragte der Professor teilnahmsvoll. »Sie machen sich zuviel Sorgen. Wir haben schon schlimmere Fälle wieder hingekriegt. Was Ihre Gattin jetzt braucht ist

Ruhe, viel Ruhe und Harmonie. Wir haben da eine hervorragende Methode, die schon den alten Griechen bekannt war. Wir heilen mit Musik.«

»Oh«, sagte Mr. Marble, »dann sollten Sie ihr hin und wieder etwas von Mozart vorspielen. Sie ist rasend verrückt nach ihm.«

Das Schwert der Gerechtigkeit

Die Sonnenstrahlen fielen erst flach über Bagdads Zinnen, als der Großrichter Omar Akba ben Assad, das Schwert Allahs, in seiner Sänfte durch das Tor der Weißen Eunuchen getragen wurde. Die nubischen Träger ächzten unter der ehrwürdigen Last. In der Unterstadt riefen die ersten Muezzins zum Morgengebet.

Der Gerichtstag würde wie immer sehr anstrengend werden. Stockschläge für die kleinen Strolche, Geldbußen für die großen. Allah ist streng, aber gerecht! Auf die Totschläger wartete das Schwert. Um sie war es nicht schade. Sie hatten Leben zerstört und mußten mit ihrem Leben dafür bezahlen. Das war gerecht. Aber das Mädchen! Omar Akba dachte an das Mädchen. Er seufzte unter der Last der richterlichen Verantwortung. Sie hatte einen Mann geliebt, dem sie nicht gehörte. War das wirklich eine so schwere Schuld? Der Pöbel von Bagdad würde sie steinigen, wie das Gesetz des Heiligen Buches es befahl.

Wie konnten Menschen Steine nach einem Mädchen werfen? Hatte er nicht einmal einen Wasserträger zu zehn Stockschlägen auf die Fußsohlen verurteilt, weil der Bursche eine zahme Taube mit einem Steinwurf getötet hatte? Die Menschen waren grausam wie die Wüste, herzlos wie das Gesetz, dessen Diener er war. Diener? Nein, er war der Herr, der Herr über Leben und Tod. Der Großrichter ist der einzige Mensch, der mitten im Frieden ungestraft töten darf. Er ist ein Übermensch, für den die Scharia nicht gilt. Er bricht einem Angeklagten das Genick und geht anschließend zum Mittagessen, wie ein Sekretär, der einen Brief erledigt hat. Selbstverständlich macht er das nicht eigenhändig. Dafür gibt es den Henker.

Früher war Omar Akba manchmal zum Platz vor der großen Freitagsmoschee gegangen, wenn der Henker erntete, was er gesät hatte.

Sie bringen die Verurteilten, wenn die Sonne senkrecht am Himmel steht, die Männer zuerst. Ihre Hände sind frei. Nur ihre Füße tragen Fesseln, wie man sie weidenden Pferden bei kurzer Rast anlegt. Mit kurzen Schritten kommen sie daher, die Augen voller Angst. Der Strick beraubt sie ihres Gleichgewichtes. Wenn man sie anstößt, stürzen sie. Selbst ein Kind bringt sie zu Fall. Henker und Hergelaufene spielen mit den Verurteilten, so wie Katzen mit gefangenen Mäusen spielen. Doch kaum liegt der Mann am Boden, so steht er schon wieder. Die Angst treibt ihn nach oben wie Kork im Wasser. Er kennt das Gesetz der Hinrichtung. Wie oft hat er selber zugeschaut. Das Schwert darf erst sprechen, wenn der Verdammte wie ein Tier mit allen vier Gliedmaßen den Boden berührt. Solange er steht, lebt er. Die Masse hat Zeit.

»Komm, steh auf, damit wir sehen, wie du fällst.«

Der Mann blutet aus zahllosen Platzwunden.

Am Ende ist er so erschöpft, daß er nicht mehr auf die Beine kommt. Er rollt sich zusammen und schlingt die Arme schützend um seinen Hals.

Das ist der Augenblick der Lanze. Der Henkersknecht hebt die Lanze. Er hat Zeit. Dann stößt er zu. Der Stahl zerreißt den After. Der Mann am Boden bäumt sich auf, wirft den Kopf zurück, reißt den Mund auf zu fürchterlichem Schrei. Genau in dieser Sekunde trifft ihn das Krummschwert.

Wieviel Blut in einem Menschen fließt? Die dunkle Pfütze hat einen Durchmesser von mehreren Metern. Der Henker setzt dem Gerichteten den Fuß in den Nacken, reißt ihm einen Fetzen Stoff aus dem Gewand und reinigt das Schwert. So will es das Gesetz. Später schafft ein Karren die Leiche davon. Die Masse verläuft sich. Wer von ihnen wird der nächste sein? Allah ist groß, und Mohammed ist sein Prophet. Omar Akba aber ist sein Schwert der Gerechtigkeit.

Als Omar Akba ben Assad den Innenhof der Großen Moschee erreichte, lagerte das Volk bereits im Schatten der Arkaden, Geier und Schakale, vom Tod herbeigelockt.

›Nichts ist so grausam wie die Masse‹, dachte der Richter. ›Nichts erregt sie so sehr wie die

Freigabe eines der Ihren zur öffentlichen Schlachtung. Die Ungläubigen haben diesen barbarischen Greuel sogar zum Mittelpunkt ihres Götzendienstes gemacht. Man sagt, in jeder Christenhütte hänge ein Kreuz als ständige Erinnerung an die Schlachtung ihres Propheten.‹ Sollte man das glauben, oder war es nur ein Gerücht? Omar Akba ben Assad hatte niemals die Behausung eines Schweinefleischfressers betreten.

Der Großrichter stieg die sieben Stufen zum Podest der Wahrheit empor und setzte sich auf den Teppich der Gerechtigkeit. Er sprach ein kurzes Gebet. Der Gerichtsdiener schlug den Gong. Der erste Kläger wurde aufgerufen. Ein dicker Mann mit Turban trat hervor. Er raufte seinen Bart und keifte mit der Stimme eines Kastraten:

»Erhabener Hüter der Gerechtigkeit, o hört mich an. Ich stieg heute morgen beim zweiten Ruf des Muezzins mit meiner Ziege Nura empor zur Oberstadt, um sie mit dem Bock meiner mütterlichen Base zu vermählen. Als wir den Bazar der Töpfer erreichten, kam mir jene Schlampe dort entgegen.« Er zeigte auf ein dunkelhäutiges Beduinenmädchen, das auf dem Boden hockte und an den Fingernägeln kaute. »Sie führte einen Ziegenbock am Strick. Was sag ich, einen Ziegenbock? Einen gehörnten Teufel. Als das geile Ungeheuer uns erblickte, riß es sich los, stürzte herbei, brachte mich zu Fall und verging sich an meiner Nura. Es war eine Vergewaltigung.«

»Es gibt keinen Paragraphen«, sagte Omar Akba, »der es einem Ziegenbock verbietet, eine Geiß zu begatten, und sei es auf offener Straße.«

»Darum geht es nicht, Euer Ehren«, keifte der Alte. »Der Bock bestieg meine Nura mitten zwischen dem zum Verkauf ausgelegten irdenen Geschirr. Schalen und Schüsseln zerfielen zu Scherben, Teller und Tassen gingen zu Bruch. Es war wie bei der Zerstörung von Jericho. Und alles nur wegen dieses ungezügelten geilen Bocks, wegen dieser Bestie.«

»Er lügt«, schrie das Beduinenmädchen. »Er lügt wie ein Christ. Es gibt kein friedlicheres Böckchen als meinen Ghazi. Er gehorcht wie ein Hündchen. Ich habe ihn eigenhändig großgezogen. Er schläft in meinem Zelt. Deshalb wollte ich ihn auch kastrieren lassen, denn wie alle Böcke stinkt er ein wenig. Man hatte mir erzählt, daß der Barbier hinter dem Schlachthof ein geschickter Hodenabschneider ist. Und so machte ich mich noch vor Sonnenaufgang auf den Weg.

Als wir zum Bazar der Töpfer kamen, stand dieser Opa mit seiner heißen Ziege dort und verdrehte allen braven Böcken den Kopf. Ich frage Sie, geht man mit einer heißen Hündin auf die Straße? Nein, man schließt sie ein. Und dieser Großvater geht mit seiner heißen Geiß auf dem Markt der Töpfer spazieren. Er allein trägt die Schuld an allem.«

»Wie groß ist denn der Schaden?« fragte Omar Akba. Es fiel ihm schwer zu verbergen, wie sehr ihn der Fall amüsierte.

»Sechs Goldstücke«, antwortete der Gerichtsdiener.

»Eine erhebliche Summe. Eine ganz erhebliche Summe«, murmelte der Großrichter. Er strich sich über den Bart, wie er es immer tat, wenn er angestrengt nachdachte. Nach einer Weile, die allen Anwesenden wie eine Ewigkeit erschien, fragte er einen jungen Mann: »Wie würdest du entscheiden, wenn du an meiner Stelle Recht sprechen müßtest?«

»Das Mädchen ist schuldig. Sie hat den Schaden verursacht.« Die anderen Männer nickten und applaudierten.

»Und du«, fragte der Großrichter eine Mutter mit zwei kleinen Kindern, »wie würdest du entscheiden?«

»Der Alte ist schuldig. Er hat den Schaden verursacht.«

»So ist es«, riefen alle Frauen und klatschten in die Hände.

Omar Akba ben Assad sagte: »Wir haben das Urteil der Böcke und das Urteil der Ziegen vernommen, laßt uns hören, wie die Weisheit des Alters urteilt.«

Ein weißbärtiger Mullah erhob sich. Die Menschen schwiegen ehrerbietig. Der Weise sagte: »Wenn man zwei magnetische Eisen zusammenführt, so vermag man nicht zu entscheiden, wer wen anzieht. Sie ziehen sich gegenseitig an. Wird durch diesen Magnetismus ein Schaden angerichtet, so müssen beide Seiten für die Kosten aufkommen.«

Omar Akba ben Assad fragte: »Und wie würde dein Urteil lauten, wenn das Mädchen zwei Böcke zum Hodenschneider geführt hätte?«

Der Mullah antwortete: »Dann müßte sie für zwei Drittel des Schadens aufkommen. Der Alte aber brauchte nur ein Drittel zu bezahlen.«

»Und warum?« fragte der Großrichter.

»Das ist doch klar«, lächelte der Weise, »zwei Böcke zerstören doppelt so viel Geschirr, weil sie doppelt so viele Beine haben wie eine Ziege.«

»Wenn der angerichtete Schaden nach der Anzahl der Beine bemessen wird«, sprach Omar Akba, »dann braucht das Mädchen nur ein Drittel zu bezahlen. Der Alte aber muß für den doppelten Betrag aufkommen.«

»Wieso soll ich zweimal so viel bezahlen?« schrie der Alte. »Das ist ungerecht.«

»Es ist gerecht«, erwiderte der Großrichter, »weil Ziegen beim Liebesspiel auf vier Beinen stehen, Böcke aber immer nur auf ihren Hinterfüßen.«

Alle lachten, lobten Gott und sprachen: »Allah ist groß, und Mohammed ist sein Prophet. Omar Akba aber ist sein Schwert der Gerechtigkeit.«

Der Großrichter verurteilte zwei Diebe, zwei Betrüger und einen Gotteslästerer. Dann verkündete der Gong den letzten Fall des Tages.

Eine junge Frau wurde herbeigeführt, stolz und von Trauer gezeichnet.

»Wie lautet deine Klage?« fragte der Richter.

»Ich habe meinen Mann verloren. Meine Kinder haben ihren Vater verloren. Und dieser da hat ihn uns genommen.« Sie zeigte voller Haß auf einen gefesselten Schwarzen.

»Was ist geschehen?« fragte Omar Akba.

»Er hat ihn erschlagen«, schrie die Frau. »Ich fordere seinen Tod.«

Der Großrichter winkte den Angeklagten näher herbei. »Erzähl uns, was geschehen ist.«

»Herr, ich bin ein Landarbeiter«, sagte der dunkelhäutige Fellache, »so wie der tote Mann dieses Weibes. Wir haben gestern morgen vor den Toren der Stadt im Wadi Hannifa Kokosnüsse geerntet. Die Palmen sind dort dreißig Fuß hoch. Die Arbeit ist gefährlich und erfordert viel Geschicklichkeit.« Er wischte sich den Schweiß von der schwarzen Stirn. »Wir hatten schon acht Maultierladungen gepflückt, da geschah es... Ich habe es nicht gewollt.«

»Was geschah?«

»Ich verlor das Gleichgewicht und stürzte in die Tiefe. Ich wäre tot gewesen. Der Baum war höher als das höchste Haus von Bagdad. Ich überlebte ohne Schaden, denn ich fiel auf ihren Mann. Er brach sich das Genick.«

»Du hast ihm das Genick gebrochen«, schrie die Frau.

»So ist es«, flüsterte der Schwarze.

»Ein schlimmer Fall«, sagte der Großrichter. »Eine schwere Schuld. Ein Mensch ist tot, und du hast seinen Tod verursacht.«

»Aber ich habe es doch nicht gewollt.«

»Er ist tot«, rief die Frau, »und du hast ihn getötet.«

»Fragen wir die Schriftgelehrten«, sagte der Großrichter. Er wandte sich an den weißbärtigen Mullah zu seiner Rechten: »Was steht im Buch der Bücher?«

»›Wer einem Menschen das Leben nimmt, dessen Leben soll genommen werden. Aug um Aug. Zahn um Zahn.‹«

»So steht es in der Scharia«, nickte der Großrichter. »Aber es steht auch geschrieben: ›So jemand nicht vorsätzlich tötet, so kann sein Todesurteil umgewandelt werden in eine Zahlung an die Hinterbliebenen, zur Sühne und zur Wiedergutmachung.‹

»Wenn die Hinterbliebenen die Zahlung annehmen«, sagte der Mullah.

»Nie, nie, nicht einen Rial«, schrie die junge Witwe hysterisch. »Ich will, daß Gleiches mit Gleichem vergolten werde. Ich fordere Gerechtigkeit.«

»Du sprichst ein Todesurteil«, sagte Omar Akba. »Ich schlage vor, daß wir den Fall vertagen. Die Wunden deines Schmerzes sind noch zu frisch. Der Zorn ist ein schlechter Richter.«

»Er hat den Vater meiner Söhne erschlagen«, schrie die junge Frau. »Ich fordere Gerechtigkeit. ›Aug um Aug. Zahn um Zahn.‹ So steht es geschrieben, und so soll es geschehen.«

Der Schwarze schluchzte. Er war des Todes.

»Allah ist streng, aber gerecht«, sagte der Mullah.

Omar Akba wandte sich an die Witwe. Er sprach: »Du bestehst darauf, daß Gleiches mit Gleichem vergolten wird. Dir soll Gerechtigkeit widerfahren. Im Namen Allahs des Allmächtigen spreche ich folgendes Urteil: Der Angeklagte soll vor die Tore der Stadt geführt werden. Dort im Wadi Hannifa soll er unter eine dreißig Fuß hohe Kokospalme gebunden werden.« Er wandte sich an die Klägerin, deren Augen vor grausamer Genugtuung blitzten: »Und du darfst dich von dort oben so lange auf ihn fallen lassen, bis er tot ist.«

Allah ist groß, und Mohammed ist sein Prophet. Omar Akba aber ist sein Schwert der Gerechtigkeit.

Der Schlaf ist ein Dieb

Das kleine Fährschiff quälte sich durch die Wellen wie ein Kind, das durch hohen Schnee stapft. Nur mühselig und langsam kam es von der Stelle. Die bunten Fähnchen, die in endlosen Girlanden die leeren Decks umspannten, erinnerten an bunte Abfallfetzen in einem verlassenen Festzelt. Vorbei waren die Tage, an denen sich hier braungebrannte Urlauber drängelten. Verweht war die Musik, das Lachen der Schulkinder und das zänkische Geschrei der ewig hungrigen Möwen.

In dem verglasten Teil des Oberdecks befand sich ein einziger Passagier. Er saß an einem Fenstertisch und schrieb. Wenn er aufschaute, sah er durch die beschlagenen Scheiben die alte Dame, die vorn an der Reling stand und vorausspähte, so als könne sie die Ankunft auf der Insel nicht abwarten. Ihr weißer Schal flatterte aufgeregt im Wind.

Als die Wolkendecke aufriß, klappte der Mann sein Schreibheft zu und ging nach draußen. Dicht über dem Bug lag, wie ein kleiner, neu zu entdeckender Kontinent, die Insel. Der Wind fuhr ihm ins Haar. Er schlug den Mantelkragen hoch, atmete tief ein, spürte die Kraft des Meeres und fühlte sich wohl. Und so, als könne sie Gedanken lesen, breitete die alte Dame ihre Arme weit aus.

»Meine Insel«, sagte sie. Und es klang wie eine Liebeserklärung.

»Waren Sie schon öfter dort?«

»Nicht oft genug.«

»Werden Sie länger bleiben?«

»Ja, sehr lange, den ganzen Winter.«

»Ist es hier nicht schrecklich einsam im Winter?«

»Einsam ja, aber ganz gewiß nicht schrecklich. Ich werde schlafen, viel schlafen.«

»Der Schlaf ist ein Dieb. Er bestiehlt uns um ein Drittel unseres Lebens.«

»Wer ein Drittel seines Lebens gut schläft, vermag die anderen zwei Drittel um so besser zu genießen. Haben Sie je unter Schlaflosigkeit gelitten? Sie ist schlimmer als Hunger und Durst.«

»Ja, ich weiß.«

»Und was suchen *Sie* jetzt zu Beginn der kalten Jahreszeit auf der Insel?« fragte die alte Dame.

»Ich mache eine Tagestour. Ich fahre heute nachmittag mit dem gleichen Schiff wieder zurück. Es geht ja nur noch eins am Tag. Die Saison ist vorüber.«

»Ein kurzer Urlaub.«

»Nein, kein Urlaub. Ich arbeite.«

»Sie arbeiten? Hier?« fragte sie erstaunt.

»Das Meer beflügelt meine Gedanken. Ich arbeite an einem Roman.«

»Ach, deshalb schreiben Sie die ganze Zeit. Was ist das für ein Roman? Hat er schon einen Namen?«

»Ja: ›Am Ende des Regenbogens‹.«

»›Am Ende des Regenbogens‹. Das klingt schön. ›Am Ende des Regenbogens‹ von…?«

»Von O. W. Hesse.«

»Angenehm. Fabian.«

»Wie bitte?« fragte er.

»Ich heiße Fabian. Wovon handelt Ihr Buch? Ist es ein Liebesroman?«

»Nein, er handelt vom Schlaf.«

»Vom Schlaf?« Sie betrachtete ihn erstaunt, so, als sähe sie ihn zum ersten Mal. »Sie schreiben über den Schlaf? Dann war das wohl ein Satz aus Ihrem Buch: ›Der Schlaf ist ein Dieb…‹«

»Ja, Sie haben es erraten.«

»Ein ungewöhnliches Thema für einen jungen Mann.«

»Junger Mann?«

»Ich könnte Ihre Mutter sein.«

»Sie übertreiben.«

»Erzählen Sie mir von Ihrem Buch. Wie denken Sie über den Schlaf?«

Er zündete sich im Schutz seines Mantelkragens eine Zigarette an: »Das läßt sich in drei Sätzen nur schwer ausdrücken.«

»Versuchen Sie es.«

»Goethe erblickte im Schlaf den Normalzustand unserer Existenz. Wir sind keine wachen Wesen, die im Schlaf erholungsuchend untertauchen. Wir sind ein Teil der schlummernden vegetativen Ur-Natur und tauchen nur stundenweise auf in das helle Licht des Bewußtseins. Das Wachsein ist der Ausnahmezustand. Der Schlaf ist unser Normalzustand.«

»Hat Goethe das wirklich geschrieben?«

»Ja.«

»Glauben Sie daran?«

»Der weitaus größte Teil unserer Existenz ist unabhängig vom Wachbewußtsein. Unsere Atmung, der Blutkreislauf, die Verdauung, das Wachsen der Haare und Fingernägel, die gesamte Regeneration einschließlich der Schwangerschaft, das alles geschieht ohne unseren wachen Verstand, vom Unterbewußtsein ganz zu schweigen.«

Die Schiffsglocke läutete zum Anlegen.

»Oh, wir sind schon da.« Die alte Dame gab ihm die Hand: »Leben Sie wohl. Und viel Erfolg mit Ihrem Buch.«

»Darf ich Ihnen mit Ihrem Gepäck behilflich sein?«

»Nicht nötig. Vielen Dank. Ich werde abgeholt.« Und damit eilte sie davon.

Hesse hatte Zeit. Er lehnte an der Reling und beobachtete das Anlegemanöver. Armdicke Halteleinen wurden aufgerollt. Die Schiffsschraube verwandelte das schwarze Brackwasser des Hafenbeckens in kochende Milch. Ein pensionierter Fischer mit Stummelpfeife schob den Laufsteg hinüber zum Fährboot, wo ihn der Schiffsjunge in Empfang nahm. Es wurde kein Wort gesprochen. Das alles schien so selbstverständlich wie Ebbe und Flut.

Hesse sah, wie die alte Dame von einem massigen Mann mit kahlem Kopf abgeholt wurde. Er verstaute ihr Gepäck in einer schwarzen Limousine ohne Nummernschild. Wahrscheinlich gab es nur zwei Dutzend Autos auf der ganzen Insel. Bevor sie einstieg, schaute die alte Dame noch einmal zum Dampfer herüber. Hesse winkte ihr zu, aber sie schien ihn nicht wahrzunehmen. Als sie davonfuhren, lag der weiße Schal auf der Straße. Hesse ging von Bord. Er hob den Schal auf und steckte ihn zu sich.

Die kleine Insel machte einen verschlafenen Eindruck. Die meisten Geschäfte und Pensionen hatten geschlossen. Obwohl es inzwischen Mittag war, sah man nur auf heruntergelassene Rollos und auf grün angestrichene Fensterläden. Die Urlauber und Saisonarbeiter waren aufs Festland zurückgekehrt. Ein paar frierende Möwen hockten auf einem Kahn, der kieloben auf dem Strand lag. Ein windzerfetztes Plakat erinnerte an ein Kurkonzert. Nirgendwo sah man einen Menschen.

›Mein Gott‹, dachte Hesse, ›wie kann man hier nur leben.‹

Er erblickte die schwarze Ford-Limousine. Sie stand vor einem Haus, das abseits auf einer Düne lag. HAUS MIRAMARE stand in dem hölzernen Giebelfeld.

Hesse stieg die steilen Gartenstufen zu dem Haus hinauf und läutete. An der Haustür las er: PROFESSOR BUKOVSKY.

Der massige Kerl mit dem kahlen Kopf öffnete die Tür.

»Sie wünschen?« Es klang feindlich.

»Verzeihen Sie«, sagte Hesse, »aber einer Ihrer Gäste, Frau Fabian, hat diesen Schal hier verloren.«

Der Riese griff danach.

»Ich möchte den Schal Frau Fabian persönlich wiedergeben.«

»Hier wohnt keine Frau Fabian.«

»Aber Sie haben sie doch heute mittag selber vom Schiff abgeholt.«

»Ich habe niemanden vom Schiff abgeholt.«

»Aber ich habe doch mit eigenen Augen...«

»Bedaure. Es muß sich um eine Verwechslung handeln.«

In diesem Augenblick erhaschte Hesse einen Blick auf die Flurgarderobe und sah den Koffer und den Mantel der alten Dame. Es war nur ein Augenblick, dann wurde ihm die Haustür vor der Nase zugeworfen.

Hesse läutete noch einmal, hartnäckig und langanhaltend. Den Schal hielt er noch immer in der Hand. Endlich wurde die Tür zum zweitenmal geöffnet.

»Verschwinden Sie!« fauchte der Riese. »Sie haben sich in der Adresse geirrt.«

»Ich habe mich nicht geirrt«, sagte Hesse. »Frau Fabians Mantel hängt an Ihrer Garderobe. Ihr Koffer...«

»Was reden Sie da?« Der Riese öffnete die Haustür ganz weit. Die Garderobe war leer.

»Aber ich habe doch eben noch...«

»Hirngespinste. Bitte, belästigen Sie uns nicht länger mit Ihren Hirngespinsten.«

Dann wurde die Tür zugeschlagen.

Hesse hängte den Schal an den Türknauf. Was sollte er machen? Er war nicht erwünscht, und vielleicht hatte er sich ja wirklich geirrt. Aber das Auto, der Glatzkopf, der Mantel an der Garderobe, und das alles auf dieser winzigen, verlassenen Insel, nein, eine Verwechslung war ausgeschlossen. Frau Fabian befand sich im Haus Miramare. Warum hatte der Riese gelogen? Wollte die alte Dame nicht gestört werden? Nun gut, wenn sie ihm hätte ausrichten lassen, sie sei jetzt nicht zu sprechen, weil sie gerade in der Badewanne sitze, oder aus welchen Gründen auch immer, er hätte den Schal abgegeben und wäre gegangen. Warum hatten sie in aller Eile die Garderobe abgeräumt, als er ihre Sachen erkannt hatte?

Inzwischen hatte es zu regnen begonnen. In der Ferne ertönte die Schiffssirene des Dampfers. Hesse schaute auf die Uhr. Es wurde höchste Zeit.

Als er den Inselhafen erreichte, hatte das Fährschiff abgelegt. Er rannte den Pier hinunter, winkte und rief. Vergeblich.

Es wurde bereits dunkel. Nur einen Steinwurf vom Anlegeplatz entfernt lag das Inselcafé. Im Fenster hing ein vergilbtes Schild: ZIMMER FREI. Das Zimmer im ersten Stock war ganz passabel. Das Abendessen, eine friesische Fischerplatte, war hervorragend. Hesse war der einzige Gast. Die Wirtsleute – er kochte, und sie servierte – gaben sich alle Mühe, die Saison zunftgerecht zu beschließen.

Nach dem Essen machte Hesse noch einen Spaziergang über die nächtliche Insel. Nur in wenigen Häusern brannte Licht. Miramare oben auf der Düne lag dunkel und verlassen wie eine Ruine, obwohl alle Fensterläden offenstanden. Es schien, als wohnte hier niemand.

›Vielleicht habe ich mich wirklich geirrt‹, dachte Hesse. Der Regen trieb ihn zurück.

Als er erwachte, schien die Sonne auf sein Bett. Er öffnete das Fenster. Unter ihm lag der Inselhafen. Der pensionierte Kapitän mit der Stummelpfeife unterhielt sich mit einem Radfahrer. Er zeigte hinaus aufs Meer. Hesse erkannte das Fährschiff. Er schaute auf die Uhr. Es war kurz vor elf. ›Der Schlaf ist ein Dieb.‹ Hesse duschte heiß, und während er sich am offenen Fenster rasierte, tuckerte das Boot ins Hafenbecken. Der Laufsteg wurde hinübergeschoben. Ein alter Herr mit Jägerhut und Lodenmantel kam als einziger an Land. Und dann – Hesse hielt den Atem an – fuhr die schwarze Limousine wieder vor, der Riese vom Vortag nahm das Gepäck in Empfang, legte es in den Kofferraum, dann fuhren sie gemeinsam davon.

Schon wieder einer!

Hesse ging hinüber zu dem Fährschiff, um die genaue Abfahrtszeit zu erfahren. Er ging an Bord. Niemand war zu sehen. Vor ihm lag die mitgebrachte Tagesfracht für die Insel: ein Postsack, ein paar Bierkästen, Fässer, Kartons und Kisten. Auf einer las er: VORSICHT. NICHT STÜRZEN! LEBENDE FRACHT. Und darunter: PROFESSOR BUKOVSKY. HAUS MIRAMARE. Hesse legte sein Ohr an die Kiste. Es war nichts zu hören. Aber da war ein seltsamer, süßlich-scharfer Geruch. Er schlug mit der Faust gegen das Kistenholz und fuhr erschrocken zurück: schrille, unheimliche Schreie, wie er sie nie in seinem Leben gehört hatte. Durch die offene Tür des Gepäckraumes sah er, wie die schwarze Limousine zurückkehrte. Sie hielt direkt vor dem Laufsteg. Hesse hatte gerade noch Zeit, sich hinter dem Aufgang zum Oberdeck zu verstecken, als der Riese und der Schiffsjunge an Bord kamen. Die Kiste wurde verladen. Der Junge half dabei.

Hesse hörte den Riesen fragen: »Wann fahrt ihr heute zum Festland zurück?«

»Wir sind spät dran«, antwortete der Junge. »Die Flut kommt erst um fünf Uhr vierzig. Wieso fragst du? Habt ihr Fracht fürs Festland?«

»Nein, ich muß hinüber.«

»Dann bist du wahrscheinlich der einzige Passagier.«

»Um so besser.«

Hesse stand am Fenster seines Zimmers und beobachtete, wie der Riese an Bord ging. Er war wirklich der einzige Passagier. Das Schiff legte ab. Es wurde bereits dunkel.

›Vor morgen früh kann er nicht zurück sein‹, dachte er.

Hesse wollte es wissen. Wie alle Autoren war er von Natur aus neugierig. Von seinen wortkargen Wirtsleuten hatte er stückchenweise in Erfahrung gebracht, daß im Haus Miramare nur drei Personen lebten: Professor Bukovsky, eine Schwester Lena und Bodo, der Hausdiener. Sie lebten sehr zurückgezogen. Umgang mit den Leuten von der Insel hätte eigentlich nur Bodo. Er erledige alle Alltagsarbeit für den Professor, der schon älter sei und sich ganz seiner Forschung widme, so erzählte man sich. Es wäre auf der Insel nicht üblich, sich in die Privatangelegenheiten anderer einzumischen.

Hesse hatte keinen festen Plan. Er wollte erst einmal hinein in diese seltsame Villa. Alles Weitere würde sich von selbst ergeben. Als ehemaliger Lokalreporter besaß er jene Portion Draufgängertum, die man braucht, um an Informationen heranzukommen. Es war Nacht, als er die Villa erreichte. Im Erdgeschoß brannte in einem Eckzimmer Licht.

›Unglaublich. Das Haus voller Gäste, und alle Fenster tot und leer‹, sagte er zu sich selbst.

Er klingelte. Eine Krankenschwester öffnete.

»Guten Abend, bin ich hier richtig bei Professor Bukovsky?«

»Ja, das ist richtig.«

»Meine Name ist Hesse. Ich bin zwar erst für morgen angemeldet, aber ein Bekannter von mir hat mich in seinem Sportboot mitgenommen.«

»Wie war Ihr Name?«

»Hesse.«

»Sind Sie angemeldet? Ich weiß gar nichts von Ihrem Kommen. Für morgen, sagen Sie?«

»Ich komme auf Empfehlung von Frau Fabian.«

»Sie kennen Frau Fabian? Na, dann kommen Sie herein. Wo haben Sie Ihr Gepäck?«

»Im Hafen.«

»Bodo kann es morgen holen. Seltsam, daß er mir nichts von Ihnen erzählt hat. Bodo ist unser Verwalter. Er ist auf dem Festland und kommt erst morgen zurück. Aber Gott sei Dank haben wir zur Zeit alle Gästezimmer leer. Kommen Sie, ich zeige Ihnen Ihr Zimmer.«

Sie stiegen die steile Treppe ins Obergeschoß empor. Schwester Lena öffnete eine Tür, und Hesse blickte in ein behaglich eingerichtetes

Pensionszimmer mit alten Möbeln und schweren Gardinen.

»Das Bad ist am Ende des Flurs. Der Professor erwartet Sie dann später in seinem Arbeitszimmer.«

Der Professor saß hinter einem schweren Eichenschreibtisch, vor einem Bücherregal, das bis unter die Zimmerdecke reichte. An den Wänden hingen ausgestopfte Tiere. In der einen Ecke des Raumes befand sich eine niedrige, bequeme Sitzgruppe, in der anderen ein kleines Laboratorium. In einem Destillierapparat brodelte eine braune Brühe.

»Ach, Sie sind unser neuer Gast? Kommen Sie herein.« Der Professor erhob sich und streckte Hesse die Hand entgegen. Er war ein kleiner, blasser Mann mit den flinken Augen einer Maus. »Darf ich Ihnen etwas anbieten, Tee oder Kaffee? Rauchen Sie?«

»Ich rauche nicht, aber einen Tee würde ich nehmen.«

Der Professor drückte auf einen Klingelknopf auf seinem Schreibtisch. Schwester Lena kam:

»Sie wünschen, Herr Professor?«

»Bitte, Schwester, bringen Sie uns Tee.«

»Gern, Herr Professor.«

Hesse schaute sich um. Sie befanden sich in dem Eckzimmer im Erdgeschoß, dem einzigen beleuchteten Raum im ganzen Haus. Wo die anderen wohl alle steckten?

»Was für ein Landsmann sind Sie, Herr Hesse?«

»Ich bin Berliner, wohne aber schon seit vielen Jahren in München.«

»Was sind Sie von Beruf?«

»Architekt.«

»Wie interessant. Wissen Sie, daß ich lange geschwankt habe zwischen dem Studium der Architektur und der Medizin? Am Ende hat dann doch meine wissenschaftliche Neugier über die schöngeistigen Ideale gesiegt.«

Hesse hoffte inständig, daß der Professor keine Fachsimpelei über Architektur beginnen würde, weil er von dem Thema nur wenig verstand.

»Wie alt sind Sie?«

»Vierundfünfzig.«

»Irgendwelche Leiden?«

»Das Normale.«

»Haben Sie Angehörige?«

»Nein, ich lebe allein.«

»Sehr gut. Das vereinfacht die Angelegenheit. Entschuldigen Sie meine Fragen, aber leider habe ich Ihre Krankengeschichte noch nicht gelesen.«

Auf dem Labortisch leuchtete ein rotes Lämpchen auf. Der Professor erhob sich und stellte die Flamme des Bunsenbrenners kleiner.

»Was ist das für eine braune Brühe, die dort in Ihrem Destillierapparat brodelt?«

»Das ist Fledermausblut oder, genauer gesagt, Blutplasma der Nyctalus noctula, der gemeinen Großohrfledermaus.«

»Sie experimentieren mit Fledermäusen?«

»Ja, faszinierende Geschöpfe.«

»Wie meinen Sie das?«

»Ja, sehen Sie, für die meisten Lebewesen ist der Winter ein tödliches Problem. Um ihre Arten zu schützen, hat die Natur eine Fülle von Überlebensstrategien entwickelt. Die sicherste ist das Abwandern in klimatisch günstigere Gebiete. Ein großer Teil unserer Brutvögel schlägt diesen Weg ein. Sie ziehen im Herbst nach Süden. Eine ganz andere Taktik haben die Winterschläfer entwickelt. Zu ihnen gehören, wie Sie ja wissen, die Igel, Hamster, Murmeltiere, Dachse und Bären, aber auch die Fledermäuse. Diese Warmblüter haben im Sommer eine normal hohe Körpertemperatur, so wie Sie und ich. Unter bestimmten Voraussetzungen jedoch können sie ihre Körpertemperatur bis nahe an den Gefrierpunkt absenken, ohne sich dabei zu erkälten oder gar zu erfrieren. Ihr Stoffwechsel ist so gering, daß die während der Sommermonate angefressenen Fettreserven ausreichen, um die monatelange Kältezeit ohne Nahrungsaufnahme zu verschlafen. Am besten läßt sich dieser verminderte Energieumsatz an der gemeinen Fledermaus demonstrieren.«

Professor Bukovsky öffnete einen Wandschrank und holte eine leblose Fledermaus hervor.

»Sehen Sie, hier in diesem Kühlfach habe ich solch ein Exemplar. Die Fledermaus ist völlig apathisch. Ihre Körpertemperatur ist um zwanzig Grad abgesunken. Sie kann selbst bei starker Reizung nicht mehr fliegen. Wird sie erschreckt, so reißt sie ihr Maul auf und stößt kurze, schrille Schreie aus. Sehen Sie, so.«

Er klopfte ihr mit dem Finger auf den Kopf, und die Fledermaus stieß einen kurzen, schrillen Schrei aus. Es war der gleiche, den Hesse aus der Kiste vernommen hatte.

»Fühlen Sie mal, wie kalt sie ist.«

Aber Hesse verzichtete darauf, die Fledermaus zu berühren.

»Wenn man ihr in dieser Verfassung Nahrung anbietet, so wie diese Mehlkäferlarve hier, so packt sie das Insekt – sehen Sie –, kann es aber nicht zerkauen. Es fehlt ihr die Kraft. Sinkt die Körpertemperatur unter zehn Grad, so kommt es zur Dauerlethargie und unter gegebenen Umständen zum Winterschlaf. Wußten Sie, daß es Tiere gibt, die dann nur einmal in der Stunde atmen? Selbst einem erfahrenen Zoologen kann es passieren, daß er ein winterschlafendes Tier für tot hält.«

»Einmal in der Stunde? Unglaublich.«

»Ich habe bei Mausohrfledermäusen mit einer Körpertemperatur von dreieinhalb Grad Atempausen von neunzig Minuten gemessen. Bis vor kurzem wußte niemand, wodurch der Winterschlaf wirklich ausgelöst wird. Kälte und Fett sind wichtige Voraussetzungen, aber sie sind nicht die Ursache. Nehmen wir zum Beispiel den Bären. In der freien, ungestörten Natur hält er grundsätzlich seinen Winterschlaf, nicht jedoch im Zoo, selbst wenn er im winterlichen Freigehege gehalten wird. Andere Bären, wie die Eisbären, werden bei Temperaturen unter null Grad erst richtig lebendig.

Im Gegensatz zur Mehrzahl meiner Fachkollegen vertrat ich von Anfang an die Meinung, daß der Winterschlaf von einem Hormon des Epiphysensystems ausgelöst wird. Man bezweifelte meine Theorie, weil sich ein solches Hormon in keinem Winterschläfer nachweisen ließ. Bei einer Bluttransfusion von einem hibernierenden kanadischen Hamster auf einen quicklebendigen zahmen Artgenossen gelang es mir zum erstenmal, Winterschlaf künstlich zu übertragen. Der zahme Hamster schlief sofort ein. Damit war erwiesen, daß es eine Substanz gibt, die unter den richtigen Voraussetzungen den Winterschlaf bewirkt oder zumindest einleitet.«

Schwester Lena betrat das Zimmer ohne anzuklopfen. Sie wirkte erregt und außer Atem.

»Ich dachte schon, Sie seien die Treppe hinuntergestürzt. Wo bleibt unser Tee?«

»Herr Professor, tut mir leid, ich... Sie müssen sofort kommen. Es ist...« Sie trat näher an den Professor heran und flüsterte ihm etwas zu.

»Sind Sie sicher?« Sein Gesicht verfinsterte sich. »Entschuldigen Sie mich, Herr Hesse, ich werde dringend gebraucht. Es ist ja auch schon spät, und Sie haben morgen einen anstrengenden Tag vor sich. Sie sollten sich zur Ruhe legen. Wenn Sie es wünschen, gibt Ihnen Schwester Lena ein Schlafmittel.«

»Nein, vielen Dank. Ich schlafe ausgezeichnet.«

»Um so besser. Gute Nacht, Herr Hesse.«

»Gute Nacht, Herr Professor.«

Hesse ging auf sein Zimmer. Er trat fest auf und schloß die Tür so laut, daß man es hörte. Als er sie nach einer Weile vorsichtig öffnete und ins dunkle Treppenhaus hinaus lauschte, sah er einen schwachen Lichtschein, der aus dem Keller zu kommen schien. Er tastete sich vor bis zum Treppengeländer und vernahm die flüsternden Stimmen von Schwester Lena und Professor Bukovsky.

»Tot?« fragte sie.

»Ja, tot«, antwortete er.

»Wie beim letztenmal?«

»Ja. Sie übernehmen die Leichenwäsche. Bodo bringt den Sarg zur Friedhofskapelle. Alles andere erledige ich.«

Hesse hatte genug gehört. Er tastete sich zurück in sein Zimmer und schloß behutsam die Tür. Es gab weder einen Riegel noch einen Schlüssel. Bewaffnet mit einer schweren, schmiedeeisernen Gardinenstange, legte er sich angezogen aufs Bett und versuchte seine Gedanken zu ordnen. War dieser Bukovsky verrückt? Nein. Er machte einen gescheiten Eindruck, wie jemand, der weiß, wovon er spricht. Oder war er ein Verbrecher, ein eiskalter Killer, der überlegt und systematisch seine Opfer beseitigte, aus Habgier? Oder für seine Forschung? War er eine

Art KZ-Arzt, der mit lebenden Objekten experimentierte?

Es ließ Hesse keine Ruhe. Seine Neugier war stärker als alle Vorsicht. Was hatte er schon von diesem schwächlichen alten Mann zu befürchten? Er öffnete leise die Zimmertür und schlich sich hinaus in den unbeleuchteten Gang, der die Zimmer der ersten Etage miteinander verband. Die schwere Eisenstange in der Rechten und seine Taschenlampe in der Linken, so öffnete er die erste Tür. Der Lichtstrahl kroch über Stahlschränke. Hesse glaubte sich in dem Gemeinschaftsumkleideraum einer öffentlichen Badeanstalt. Er sah auf einen Stahlschrank mit einzelnen Garderobefächern. Er öffnete eine Stahltür und blickte auf einen grünen Lodenmantel. Er erkannte den Jägerhut-Herrn, der Bodo gestern am Fährschiff abgeholt hatte. Vor ihm lagen Schuhe, Anzug und Wäsche, alles sorgfältig zusammengelegt. Er öffnete den nächsten Schrank: Kleidung, die er nicht kannte. Und dann entdeckte er die Sachen der alten Dame. Über dem Mantel hing der weiße Schal. Hesse war so aufgeregt, daß der Lichtkegel seiner Taschenlampe wie eine gefangene Motte durch den Raum zuckte. Er mußte sich für einen Augenblick gegen den Türrahmen lehnen.

›Ruhig Blut‹, sagte er zu sich selbst. ›Ruhig Blut.‹ Er öffnete die nächste Tür und blickte in ein Pensionszimmer, ähnlich dem seinen. Auch die beiden anderen Räume waren Unterkünfte mit Betten, Tisch und Sesseln.

Hesse nahm die Eisenstange fester in die Faust und stieg die Treppe hinab, ängstlich bemüht, ein Knarren der Holzstufen zu vermeiden. Unter der Tür zum Arbeitszimmer von Professor Bukovsky schien Licht durch. Hesse schlich sich daran vorbei und erreichte die Kellertreppe. An ihrem unteren Ende lag eine Tür, die wie der Zugang zu einem Kühlhaus aussah. Er versuchte sie zu öffnen. Sie gab nicht nach. Der Schlüssel steckte im Schloß. Er drehte ihn herum und öffnete die Tür. Sie quietschte in den Angeln. Hesse löschte das Licht und lauschte. Nichts regte sich im Haus. Er wartete mit hämmerndem Herzen. Seine Hände waren feucht. Als er die Taschenlampe wieder anknipsen wollte, versagte sie. Mist! Ausgerechnet jetzt! Er tastete neben der Tür nach dem Lichtschalter. Als er ihn fand, zögerte er, aber die Dunkelheit war stärker als alle Bedenken. Eine Leuchtstoffröhre flammte auf. Er stand in einem weißgekachelten Raum vor einem schwarzen, geschlossenen Sarg. Daneben auf einem Tisch unter einem Laken erkannte er die Umrisse eines liegenden Menschen. Er schlug das Tuch zurück. Vor ihm lag die alte Dame in einem knöchellangen, weißen Sterbehemd. Er fühlte ihr den Puls. Sie war eiskalt und steif. Tot.

»Sie haben sie ermordet. Sie haben sie alle ermordet. O diese Schweine.« Er sprach zu sich selbst und erschrak vor seiner Stimme. ›Ich muß sie verstecken. Ich muß sie irgendwo verstecken, bevor diese Irren sie beseitigen. Ich muß die Polizei benachrichtigen.‹ Er hob die tote alte Dame vom Tisch und trug sie die Kellertreppe hinauf. Die Haustür war verschlossen. Das Flurfenster war vergittert. ›Wir müssen nach oben und dort durch das Fenster.‹ Er schleppte sie im Dunkeln die steile Stiege empor. Der Schweiß brannte in seinen Augen, sein Herz raste. Auf der obersten Stufe entglitt ihm die Tote. Polternd stürzte sie die Treppe hinunter. Hesse hörte das Brechen von Knochen. Dann war es totenstill. Die Tür zum Arbeitszimmer wurde aufgerissen. Professor Bukovsky erschien im hellerleuchteten Türrahmen.

»Was ist denn... ja, um Gottes willen, wie konnte das geschehen? Frau Fabian! Mein Gott!«

Er kniete neben der alten Dame nieder:

»Tot. Sie hat sich das Genick gebrochen. Ermordet.«

»Sie haben sie ermordet. Sie«, schrie Hesse.

»Ich? O mein Gott, Sie unglücklicher Idiot, wissen Sie, was Sie da angerichtet haben? Wie konnten Sie nur? Was treiben Sie hier überhaupt in der Nacht? Was soll das? Warum haben Sie das gemacht?«

»Ich? Wieso ich?« stammelte Hesse.

»Kommen Sie herunter, Sie Unglücklicher!«

Hesse kam die Treppe herunter wie ein Schlafwandler, der nicht begreift, was um ihn herum vorgeht.

Professor Bukovsky führte ihn in sein Arbeitszimmer. Er holte eine Flasche Cognac aus dem Schrank, füllte ein Glas und reichte es Hesse. »Kommen Sie, trinken Sie, Sie werden es brauchen. Mein Gott, was ist denn nur in Sie gefahren? Wie konnten Sie nur?«

»Ich? Aber wieso denn ich? Frau Fabian war tot, als ich sie fand.«

»Ich denke, Sie sind ein Freund von Frau Fabian? Hat sie Ihnen denn nicht erzählt?«

»Was erzählt?«

»Ja, wie kommen Sie denn überhaupt hierher? Was wollten Sie denn in meinem Haus?«

»Ich... ich weiß nicht... ich... Herr Professor, ich begreife überhaupt nichts mehr. Die Leichen in Ihrem Keller...«

»Die Leichen? Kommen Sie, nehmen Sie noch einen Cognac und hören Sie mir zu. Ich habe Ihnen heute abend von meiner Arbeit erzählt. Leider wurden wir unterbrochen. Wo waren wir stehengeblieben?«

»Sie sprachen von einem Hamster, den Sie in Winterschlaf versetzt haben.«

»Richtig, mein kanadischer Hamster. Es gelang mir, die unbekannte Triggersubstanz aus dem Blutplasma von Fledermäusen zu destillieren. Wenig später hatte ich das Verfahren so verfeinert, daß ich mich daran wagen konnte, es am Menschen auszuprobieren.«

»Am Menschen? Wieso am Menschen? Wozu soll das gut sein?«

»Wozu das gut sein soll? Es gibt tausend gute Gründe, einen Menschen in Dauerschlaf zu versetzen: langwierige Operationen, Heilschlaf, Fastenkuren, aber auch völlig neue Indikationen. Die Astronauten einer Weltraumrakete könnten kurz nach dem Abschuß eingeschläfert werden. Wenn sie nach monatelangem Flug erwachen, sind sie am Ziel. Ganze Armeen könnten in Friedenszeiten auf Eis gelegt werden. Kommt es zum Krieg, so werden sie aufgetaut.

Die Zivilbevölkerung wird in unterirdischen Bunkern den Krieg verschlafen. Da die Schläfer weder Nahrung noch Bewegung brauchen, kann man sie auf engstem Raum lagern. Wir stehen am Anfang einer Entwicklung, die unsere gesamte gesellschaftliche Ordnung von Grund auf verändern wird.«

»Dann haben Sie mit diesen armen Menschen in Ihrem Keller experimentiert wie mit weißen Mäusen oder wie mit Ihren Fledermäusen?«

»Experimentiert? Ich habe sie behandelt, geheilt. Es gibt nichts, was einen Organismus so zu regenerieren vermag wie ein mehrmonatiger Heilschlaf, ein wahrer Jungbrunnen ist das. Kein nächtlicher Schlummer vermag das. Dafür ist die Nacht viel zu kurz. Sämtliche überflüssigen Pfunde werden verbrannt. Mit dem Fett reinigt sich der Körper von allen Schlacken und Verkalkungen. Der Blutdruck fällt. Das Gewebe verjüngt sich. Die Erwachten haben Cholesterinwerte wie Kleinkinder. Das Sehvermögen und das Gehör haben sich gewaltig verbessert, auch das Gedächtnis, sogar die Potenz. Wer einmal im Winterschlaf gelegen hat, mag ihn nicht mehr missen. Man wird süchtig danach wie nach einer Opiumdroge. Schauen Sie sich doch dagegen die gewöhnlichen Alten an. Sie werden von Arthritis und Schlaflosigkeit gequält, von Langeweile, Impotenz und allen Gebrechen der Vergreisung. Und warum? Weil ihre verbrauchten Organe sich nicht mehr zu regenerieren vermögen.«

»Wie kommt es, daß ich noch nie etwas von diesem nobelpreiswürdigen Verfahren gehört habe?«

»Manche Geheimnisse sind nicht für alle bestimmt. Meine Freunde und ich wollen nicht von der Sensationspresse verheizt werden. In den Händen von gewissenlosen Geschäftemachern wäre meine Entdeckung so katastrophal wie die Atombombe, denn der Winterschlaf verbessert nicht nur die Gesundheit, sondern verlängert logischerweise auch die Lebenserwartung, und zwar ganz erheblich. Wie Sie wissen, haben wir bereits jetzt zu viele Alte. Die meisten meiner Patienten werden weit über hundert Jahre alt. Und wenn sie eines Tages dann dennoch von uns gehen, so geschieht das fast immer während des Winterschlafes. Sie wachen einfach nicht mehr auf. Vertraut mit dem süßen, todesähnlichen Dauerschlaf, haben sie alle Angst vor dem Tod verloren. Sie entschlafen friedlich, so wie der alte Oberförster, der letzte Nacht im Alter von einhundertneun Jahren das Zeitliche segnete. Er war der Grund, weshalb wir unser Gespräch leider unterbrechen mußten.«

Während des letzten Satzes hatte Schwester Lena das Arbeitszimmer betreten.

»Wie kommt die Leiche von Frau Fabian ins Treppenhaus?«

»Herr Hesse hat die Schlafende im Keller entdeckt und wollte den Helden spielen. Dabei hat er ihr das Genick gebrochen. Er hat sie ermordet«, sagte Bukovsky.

»Ermordet? Es war ein Unfall. Woher konnte ich denn wissen?« stammelte Hesse.

»Das werden Sie der Polizei erklären müssen, wie Sie dazu kommen, meine schlafenden Patienten die Treppe hinunterzuwerfen, mitten in der Nacht.«

»Nein, bitte keine Polizei.«

»Ich weiß nicht, wie Sie sich das vorstellen. Frau Fabian ist tot. Totschlag ist kein Kavaliersdelikt. Das ist Ihnen doch wohl hoffentlich klar.«

»Es war ein Unfall, ein Mißverständnis.«

»Ein Mißverständnis nennen Sie das? Sie schleichen sich unter Vorspiegelung falscher Tatsachen in mein Sanatorium, brechen einer schlafenden Patientin das Genick und nennen das ein Mißverständnis?«

»Aber das habe ich doch nicht gewollt.«

»Das müssen Sie der Polizei erklären.«

»Bitte helfen Sie mir.«

»Ich wüßte nicht, wie.«

»Könnten Sie mich nicht... bis Gras über die Angelegenheit gewachsen ist?«

»Sie meinen, ich soll Sie in Dauerschlaf versetzen? Hören Sie mal, ganz abgesehen davon, daß sich nicht jeder dafür eignet, ist das...«

»Aber Sie waren doch gestern abend der Meinung, daß ich mich dafür eignen würde, sonst hätten Sie mich doch nicht in Ihrem Haus aufgenommen.«

»So eine wichtige Angelegenheit will wohl überlegt sein und außerdem...«

»Außerdem was?«

»...außerdem ist meine Heilschlaftherapie nicht nur zeitaufwendig, sondern auch kostenaufwendig.«

Hesse zog sein Scheckbuch aus der Innentasche seines Jacketts hervor: »Ich gebe Ihnen einen Blankoscheck.«

Schwester Lena unterbrach ihn und fragte, an Professor Bukovsky gewandt: »Soll ich die Polizei rufen?«

»Nein«, sagte der Professor, »keine Polizei. Ich glaube, es ist besser für uns alle. Geben Sie

Herrn Hesse die erste Spritze und bereiten Sie die Einwilligungspapiere zur Unterschrift vor.«

Hesse ließ sich hinausführen wie ein Patient. »Vielen Dank«, flüsterte er.

Professor Bukovsky zündete sich sichtlich erleichtert eine Zigarre an.

Als Schwester Lena nach einer Weile zurückkehrte, sagte sie: »Das ist noch einmal gutgegangen. Ich habe gar nicht gewußt, wie perfekt Sie schwindeln können.«

»Wundert Sie das?«

»Und er hat allen Ernstes geglaubt, er hätte die alte Dame umgebracht?«

»Ja. Wenn er wüßte, daß nicht der alte Oberförster letzte Nacht gestorben ist, sondern die alte Dame...«

»...so hätten wir jetzt einen Privatpatienten weniger.«

»Und in spätestens vierundzwanzig Stunden würde es hier von Sensationsreportern wimmeln.«

Schwester Lena griff zur Cognacflasche. »Und was hätten Sie gemacht, wenn er den Schwindel durchschaut hätte?«

»Vorsicht«, sagte der Professor. »Der Cognac ist präpariert.«

»Mein Gott, Sie denken aber auch an alles.«

»Dieser Hesse ist das ideale Versuchsobjekt. Kräftiger und jünger als alles, was wir jemals im Keller hatten. Mit ihm werde ich es wagen. Wir werden einen Schritt weitergehen.«

»Sie meinen den Dauerschlaf?« fragte die Schwester.

»Ja, den Dornröschenschlaf. Er wird uns alle überleben oder, richtiger, überschlafen.«

»Wer schläft, redet nicht«, fügte die Schwester hinzu, »bestimmt ist er einer von diesen neugierigen Sensationsreportern. Man sollte sie alle einschläfern.«

»Mal sehen, was sich machen läßt«, lachte der Professor.

E.W. Heine im Diogenes Verlag

Der neue Nomade
Ketzerische Prognosen. Leinen

Luthers Floh
Geschichten aus der Weltgeschichte
Leinen

Kille, Kille
Makabre Geschichten
detebe 21053

Hackepeter
Neue Kille Kille Geschichten
detebe 21219

Nur wer träumt, ist frei
Eine Geschichte. detebe 21278

Wer ermordete Mozart?
Wer enthauptete Haydn?
Mordgeschichten für Musikfreunde
detebe 21437

New York liegt im Neandertal
Die abenteuerliche Geschichte des
Menschen von der Höhle bis zum Hochhaus
Mit 18 Vignetten des Autors
detebe 21453

Wie starb Wagner?
Was geschah mit Glenn Miller?
Neue Geschichten für Musikfreunde
detebe 21514

Kuck Kuck
Noch mehr Kille Kille Geschichten
detebe 21692

Jack Ritchie im Diogenes Verlag

Der Mitternachtswürger
Geschichten. Aus dem Amerikanischen von Alfred Probst. detebe 21293

Für alle ungezogenen Leute
Detektiv-Geschichten. Deutsch von Dorothee Asendorf
detebe 21384

Gedächtnis ade
Kriminalgeschichten. Deutsch von Elfriede Riegler und Dorothee Asendorf
detebe 21565

Neue deutsche Literatur im Diogenes Verlag

● Das Günther Anders Lesebuch
Herausgegeben von Bernhard Lassahn
detebe 21232

● Alfred Andersch
»... einmal wirklich leben«. Ein Tagebuch in Briefen an Hedwig Andersch 1943–1975. Herausgegeben von Winfried Stephan
Leinen
Erinnerte Gestalten. Frühe Erzählungen
Leinen
Sämtliche Romane. Vier Bände in Kassette: Sansibar oder der letzte Grund / Die Rote / Efraim / Winterspelt. Leinen
Die Kirschen der Freiheit. Bericht
detebe 20001
Sansibar oder der letzte Grund. Roman
detebe 20055
Hörspiele. detebe 20095
Geister und Leute. Geschichten
detebe 20158
Die Rote. Roman. detebe 20160
Ein Liebhaber des Halbschattens
Erzählungen. detebe 20159
Efraim. Roman. detebe 20285
Mein Verschwinden in Providence
Erzählungen. detebe 20591
Winterspelt. Roman. detebe 20397
Der Vater eines Mörders. Erzählung
detebe 20498
Aus einem römischen Winter. Reisebilder
detebe 20592
Die Blindheit des Kunstwerks. Essays
detebe 20593
Ein neuer Scheiterhaufen für alte Ketzer
Kritiken. detebe 20594
Öffentlicher Brief an einen sowjetischen Schriftsteller, das Überholte betreffend
Essays. detebe 20398
Neue Hörspiele. detebe 20595
Einige Zeichnungen. Graphische Thesen
detebe 20399
Flucht in Etrurien. 3 Erzählungen aus dem Nachlaß. detebe 21037
empört euch der himmel ist blau. Gedichte
Pappband
Hohe Breitengrade. Mit 48 Farbtafeln nach Aufnahmen von Gisela Andersch
detebe 21165
Wanderungen im Norden. Mit 32 Farbtafeln nach Aufnahmen von Gisela Andersch
detebe 21164
Das Alfred Andersch Lesebuch. detebe 20695
Als Ergänzungsband liegt vor:
Über Alfred Andersch. detebe 20819

● Jakob Arjouni
Happy birthday, Türke! Roman. detebe 21544
Mehr Bier. Roman. detebe 21545

● Heinrich Böll
Denken mit Heinrich Böll. Gedanken über Lebenslust, Sittenwächter und Lufthändler, ausgewählt und zusammengestellt von Daniel Keel. Diogenes Evergreens

● Kurt Bracharz
Ein Abend-Essen zu Fuß. Notizen zu Lichtenberg. Mit einem Vorwort von Michael Köhlmeier. Leinen
Pappkameraden. Roman. detebe 21475

● Rainer Brambach
Auch im April. Gedichte. Leinen
Wirf eine Münze auf. Gedichte. Nachwort von Hans Bender. detebe 20616
Kneipenlieder. Mit Frank Geerk und Tomi Ungerer. Erweiterte Neuausgabe
detebe 20615
Für sechs Tassen Kaffee. Erzählungen
detebe 20530
Moderne deutsche Liebesgedichte. (Hrsg.) Von Stefan George bis zur Gegenwart
detebe 20777

● Manfred von Conta
Reportagen aus Lateinamerika
Broschur
Der Totmacher. Roman. detebe 20962
Schloßgeschichten. detebe 21060

● Claude Cueni
Schneller als das Auge. Roman. detebe 21542

● Doris Dörrie
Liebe, Schmerz und das ganze verdammte Zeug. Vier Geschichten. Leinen

● Friedrich Dürrenmatt
Gesammelte Werke. Herausgegeben von Franz Josef Görtz. Leinen
Das dramatische Werk:
Achterloo. Komödie. Leinen
Es steht geschrieben / Der Blinde. Frühe Stücke. detebe 20831

Romulus der Große. Ungeschichtliche historische Komödie. Fassung 1980 detebe 20832
Die Ehe des Herrn Mississippi. Komödie und Drehbuch. Fassung 1980. detebe 20833
Ein Engel kommt nach Babylon Fragmentarische Komödie. Fassung 1980 detebe 20834
Der Besuch der alten Dame. Tragische Komödie. Fassung 1980. detebe 20835
Frank der Fünfte. Komödie einer Privatbank Fassung 1980. detebe 20836
Die Physiker. Komödie. Fassung 1980 detebe 20837
Herkules und der Stall des Augias
Der Prozeß um des Esels Schatten Griechische Stücke. Fassung 1980 detebe 20838
Der Meteor / Dichterdämmerung Nobelpreisträgerstücke. Fassung 1980 detebe 20839
Die Wiedertäufer. Komödie. Fassung 1980 detebe 20840
König Johann / Titus Andronicus Shakespeare-Umarbeitung. detebe 20841
Play Strindberg / Porträt eines Planeten Übungsstücke für Schauspieler detebe 20842
Urfaust / Woyzeck. Bearbeitungen detebe 20843
Der Mitmacher. Ein Komplex. detebe 20844
Die Frist. Komödie. Fassung 1980 detebe 20845
Die Panne. Hörspiel und Komödie detebe 20846
Nächtliches Gespräch mit einem verachteten Menschen / Stranitzky und der Nationalheld Das Unternehmen der Wega. Hörspiele detebe 20847
Das Prosawerk:
Minotaurus. Eine Ballade. Mit Zeichnungen des Autors. Pappband
Der Auftrag oder Vom Beobachten des Beobachters der Beobachter. Novelle in vierundzwanzig Sätzen. Auch als detebe 21662
Versuche. Leinen
Aus den Papieren eines Wärters. Frühe Prosa detebe 20848
Der Richter und sein Henker / Der Verdacht Kriminalromane. detebe 20849
Der Hund / Der Tunnel / Die Panne Erzählungen. detebe 20850
Grieche sucht Griechin / Mr. X macht Ferien. Grotesken. detebe 20851
Das Versprechen / Aufenthalt in einer kleinen Stadt. Erzählungen. detebe 20852
Der Sturz. Erzählungen. detebe 20854
Theater. Essays, Gedichte und Reden detebe 20855
Kritik. Kritiken und Zeichnungen detebe 20856
Literatur und Kunst. Essays, Gedichte und Reden. detebe 20857
Philosophie und Naturwissenschaft. Essays, Gedichte und Reden. detebe 20858
Politik. Essays, Gedichte und Reden detebe 20859
Zusammenhänge / Nachgedanken. Essay über Israel. detebe 20860
Der Winterkrieg in Tibet. Stoffe I detebe 21155
Mondfinsternis / Der Rebell. Stoffe II/III detebe 21156
Der Richter und sein Henker. Kriminalroman Mit einer biographischen Skizze des Autors detebe 21435
Der Verdacht. Kriminalroman. Mit einer biographischen Skizze des Autors. detebe 21436
Justiz. Roman. detebe 21540
Als Ergänzungsbände liegen vor:
Die Welt als Labyrinth. Ein Gespräch mit Franz Kreuzer. Boschur
Friedrich Dürrenmatt & Charlotte Kerr
Rollenspiele. Protokoll einer fiktiven Inszenierung und Achterloo III. Leinen
Denkanstöße. Ausgewählt und zusammengestellt von Daniel Keel. Mit sieben Zeichnungen des Dichters. detebe 21697
Über Friedrich Dürrenmatt. detebe 20861
Elisabeth Brock-Sulzer
Friedrich Dürrenmatt. Stationen seines Werkes. Mit Fotos, Zeichnungen, Faksimiles detebe 21388

● Dieter Eisfeld

Das Genie. Roman. Leinen

● Egon Friedell

Die Rückkehr der Zeitmaschine. Phantastische Novelle. detebe 20177
Das letzte Gesicht. 69 Bilder von Totenmasken, eingeleitet von Egon Friedell. Mit Erläuterungen von Stefanie Strizek. detebe 21222
Abschaffung des Genies. Gesammelte Essays 1905–1918. detebe 21344
Ist die Erde bewohnt? Gesammelte Essays 1919–1931. detebe 21345

● Heidi Frommann

Die Tante verschmachtet im Genuß nach Begierde. Zehn Geschichten. Leinen
Innerlich und außer sich. Bericht aus der Studienzeit. detebe 21042

● Erich Hackl

Auroras Anlaß. Erzählung. Leinen

● E. W. Heine

Der neue Nomade. Ketzerische Prognosen Leinen
Luthers Floh. Geschichten aus der Weltgeschichte. Leinen
Kille Kille. Makabre Geschichten detebe 21053
Hackepeter. Neue Kille Kille Geschichten detebe 21219
Nur wer träumt, ist frei. Eine Geschichte detebe 21278
Wer ermordete Mozart? Wer enthauptete Haydn? Mordgeschichten für Musikfreunde detebe 21437
New York liegt im Neandertal. Die abenteuerliche Geschichte des Menschen von der Höhle bis zum Hochhaus. detebe 21453
Wie starb Wagner? Was geschah mit Glenn Miller? Neue Geschichten für Musikfreunde detebe 21514
Kuck Kuck. Noch mehr Kille Kille Geschichten. detebe 21692

● Ernst Herhaus

Die homburgische Hochzeit. Roman detebe 21083
Die Eiszeit. Roman. Mit einem Vorwort von Falk Hofmann. detebe 21170
Notizen während der Abschaffung des Denkens. detebe 21214
Der Wolfsmantel. Roman. detebe 21393
Kapitulation. Aufgang einer Krankheit detebe 21451

● Otto Jägersberg

Vom Handel mit Ideen. Geschichten. Leinen
Wein, Liebe, Vaterland. Gesammelte Gedichte. Broschur
Cosa Nostra. Stücke. detebe 20022
Weihrauch und Pumpernickel. Ein westpfählisches Sittenbild. detebe 20194
Nette Leute. Roman. detebe 20220
Der letzte Biß. Geschichten aus der Gegenwart. detebe 20698
Land. Ein Lehrstück. detebe 20551
Seniorenschweiz. Reportage unserer Zukunft detebe 20553
Der industrialisierte Romantiker. Reportage unserer Umwelt. detebe 20554
He he, ihr Mädchen und Frauen. Eine Konsum-Komödie. detebe 20552
Der Herr der Regeln. Roman. detebe 21612

● Janosch

Cholonek oder Der liebe Gott aus Lehm Roman. detebe 21287

● Norbert C. Kaser

jetzt mueßte der kirschbaum bluehen. Gedichte, Tatsachen und Legenden, Stadtstiche. Herausgegeben von Hans Haider. detebe 21038

● Hans Werner Kettenbach

Schmatz oder Die Sackgasse. Roman. Leinen
Minnie oder Ein Fall von Geringfügigkeit Roman. detebe 21218
Hinter dem Horizont. Eine New Yorker Liebesgeschichte. detebe 21452
Der Pascha. Roman. detebe 21493
Sterbetage. Roman. detebe 21644

● Hermann Kükelhaus

»... ein Narr der Held«. Gedichte in Briefen Herausgegeben und mit einem Vorwort von Elizabeth Gilbert. detebe 21339

● Hartmut Lange

Die Ermüdung. Leinen
Die Selbstverbrennung. Roman detebe 21213
Tagebuch eines Melancholikers. Aufzeichnungen der Monate Dezember 1981 bis November 1982. detebe 21454
Die Waldsteinsonate. Fünf Novellen detebe 21492
Das Konzert. Novelle. detebe 21645
Vom Werden der Vernunft und andere Stücke fürs Theater 1960–1976. detebe 21676

● Bernhard Lassahn

Dorn im Ohr. Das lästige Liedermacherbuch. Mit Texten von Wolf Biermann bis Konstantin Wecker. Herausgegeben und kommentiert von Bernhard Lassahn. detebe 20617
Liebe in den großen Städten. Geschichten und anderes. detebe 21039
Ohnmacht und Größenwahn. Lieder und Gedichte. detebe 21043
Land mit Lila Kühen. Roman. detebe 21095
Ab in die Tropen. Eine Wintergeschichte detebe 21395
Du hast noch ein Jahr Garantie. 33 Geschichten. Leinen

● Jürgen Lodemann

Luft und Liebe. Geschichten. Leinen
Anita Drögemöller und Die Ruhe an der Ruhr. Roman. detebe 20283
Lynch und Das Glück im Mittelalter Roman. detebe 20798
Familien-Ferien im Wilden Westen. Ein Reisetagebuch. detebe 20577
Im Deutschen Urwald. Essays, Aufsätze, Erzählungen. detebe 21163

Der Solljunge. Autobiographischer Roman detebe 21279
Essen Viehofer Platz oder Langensiepens Ende. Roman. detebe 21613

● Hugo Loetscher

Vom Erzählen erzählen. Über die Möglichkeit, heute Prosa zu schreiben. Münchner Poetikvorlesungen. Mit einer Einführung von Wolfgang Frühwald. Broschur
Wunderwelt. Eine brasilianische Begegnung detebe 21040
Herbst in der Großen Orange. detebe 21172
Noah. Roman einer Konjunktur detebe 21206
Das Hugo Loetscher Lesebuch. Herausgegeben von Georg Sütterlin. detebe 21207
Der Waschküchenschlüssel oder Was – wenn Gott Schweizer wäre. Geschichten detebe 21633
Der Immune. Roman. detebe 21590
Die Papiere des Immunen. Roman detebe 21659

● Mani Matter

Sudelhefte. Aufzeichnungen 1958–1971 detebe 20618
Rumpelbuch. Geschichten, Gedichte, dramatische Versuche. detebe 20961

● Niklaus Meienberg

Heimsuchungen. Ein ausschweifendes Lesebuch. detebe 21355

● Fritz Mertens

Auch du stirbst, einsamer Wolf. Ein Bericht Broschur
Ich wollte Liebe und lernte hassen. Ein Bericht. detebe 21539

● Fanny Morweiser

Lalu lalula, arme kleine Ophelia Erzählung. detebe 20608
La vie en rose. Roman. detebe 20609
Indianer-Leo. Geschichten. detebe 20799
Die Kürbisdame. Kleinstadt-Trilogie detebe 20758
Ein Sommer in Davids Haus. Roman detebe 21059
O Rosa. Ein melancholischer Roman detebe 21280
Voodoo-Emmi. Erzählungen. detebe 21541
Ein Winter ohne Schnee. Roman detebe 21693

● Hans Neff

XAP oder Müssen Sie arbeiten? fragte der Computer. Ein fabelhafter Tatsachenroman detebe 21052

● Mathias Nolte

Großkotz. Ein Entwicklungsroman detebe 21396

● Walter E. Richartz

Meine vielversprechenden Aussichten Erzählungen
Prüfungen eines braven Sohnes. Erzählung
Der Aussteiger. Prosa
Tod den Ärtzten. Roman. detebe 20795
Noface – Nimm was du brauchst. Roman detebe 20796
Büroroman. detebe 20574
Shakespeare's Geschichten. detebe 20791
Vorwärts ins Paradies. Aufsätze zu Literatur und Wissenschaft. detebe 20696
Reiters Westliche Wissenschaft. Roman detebe 20959
Das Leben als Umweg. Gesammelte Erzählungen. detebe 21643

● Das Ringelnatz Lesebuch

Gedichte und Prosa. Eine Auswahl Herausgegeben von Daniel Keel detebe 21157

● Herbert Rosendorfer

Über das Küssen der Erde. Prosa detebe 20010
Der Ruinenbaumeister. Roman. detebe 20251
Skaumo. Erzählungen. detebe 20252
Der stillgelegte Mensch. Erzählungen detebe 20327
Deutsche Suite. Roman. detebe 20328
Großes Solo für Anton. Roman. detebe 20329

● Bernhard Schlink & Walter Popp

Selbs Justiz. Roman. detebe 21543

● Karin Scholten

Longlife. Roman. Leinen

● Emil Steinberger

Feuerabend. Mit vielen Fotos. Broschur

● Beat Sterchi

Blösch. Roman. Leinen. Auch als detebe 21341

● Patrick Süskind

Der Kontrabaß. Pappband
Das Parfum. Die Geschichte eines Mörders Roman. Leinen
Die Taube. Erzählung. Leinen

● Hans Jürgen Syberberg

Der Wald steht schwarz und schweiget Neue Notizen aus Deutschland. Broschur

Walter Vogt
Husten. Erzählungen. detebe 20621
Wüthrich. Roman. detebe 20622
Melancholie. Erzählungen. detebe 20623
Der Wiesbadener Kongreß. Roman. detebe 20306
Booms Ende. Erzählungen. detebe 20307

Henri Walter
Der Pelikan. Roman. Leinen

Hans Weigel
Das Land der Deutschen mit der Seele suchend. detebe 21092
Blödeln für Anfänger. Mit Zeichnungen von Paul Flora. detebe 21221

Urs Widmer
Indianersommer. Erzählung. Leinen
Auf, auf, ihr Hirten! Die Kuh haut ab! Kolumnen. Broschur
Das Normale und die Sehnsucht. Essays und Geschichten. detebe 20057
Die lange Nacht der Detektive. Ein Stück. detebe 20117
Die Forschungsreise. Roman. detebe 20282
Schweizer Geschichten. detebe 20392
Nepal. Ein Stück. detebe 20432
Die gelben Männer. Roman. detebe 20575
Züst oder die Aufschneider. Ein Traumspiel detebe 20797
Vom Fenster meines Hauses aus. Prosa detebe 20793
Liebesnacht. Erzählung. detebe 21171
Die gestohlene Schöpfung. Ein Märchen detebe 21403
Das Verschwinden der Chinesen im neuen Jahr Mit einem Nachwort von H.C. Artmann detebe 21546
Das enge Land. Roman. detebe 21571
Alois / Die Amsel im Regen im Garten. Zwei Erzählungen. detebe 21677
Shakespeare's Geschichten. detebe 20792
Das Urs Widmer Lesebuch. detebe 20783

Hans Wollschläger
Die bewaffneten Wallfahrten gen Jerusalem Geschichte der Kreuzzüge. detebe 20082
Karl May. Eine Biographie. detebe 20253
Die Gegenwart einer Illusion. Essays detebe 20576

Wolf Wondratschek
Carmen oder bin ich das Arschloch der achtziger Jahre. Broschur
Menschen, Orte, Fäuste. Reportagen und Stories. Mit Fotos von Roswitha Hecke Broschur
Die Einsamkeit der Männer. Mexikanische Sonette (Lowry-Lieder). detebe 21340
Früher begann der Tag mit einer Schußwunde / Ein Bauer zeugt mit einer Bäuerin einen Bauernjungen, der unbedingt Knecht werden will. detebe 21689

Das Diogenes Lesebuch moderner deutscher Erzähler
Band I: Geschichten von Arthur Schnitzler bis Erich Kästner. detebe 20782
Band II: Geschichten von Andersch bis Widmer. Mit einem Nachwort von Gerd Haffmans. ›Über die Verhunzung der deutschen Literatur im Deutschunterricht‹. detebe 20776